Maki Hanazato
花里真希

あおいの世界

Aoi's World

講談社

あおいの世界

Aoi's
World

目次

Contents

1　始まりの九月

玄関《げんかん》のドアを開けたとたん、冷たい風に吹《ふ》きつけられて、「ほほほっ」という変な声が出た。わたしは、あわててフリースのジャケットのえりを立てた。

「お姉ちゃん、なんでハトのまねしたの？」

弟の幸太《こうた》が、くつをはきながら言う。

「ハトのまねなんかしてないよ。ただ、寒かったの！」

わたしは、玄関のドアを全開にして、幸太にも冷たい風をあててやった。

「うわあっ。ほんと、寒い。お母さん、すっごく寒いよ！」

「トロントの九月の気温は、東京の十月の気温と同じくらいって聞いてたけどね」

長そでのシャツしか着ていなかった幸太に、お母さんがフードつきのジャケットをわたす。

九月最初の火曜日なのに、こんなに寒いなんてさすがはカナダだ。まさか雪なんてふらないよね。白い空を見上げて、日本はまだ暑いんだろうなあと思った。うんざりしていた暑さが、なんだか恋《こい》しい。暑さが恋しいんじゃなくて、日本が恋しいのかな。あんなに居《い》心地《ごこち》が悪かったのに、変なの。

空に向かって両手を広げて、全身に冷たい風を受けてみた。寒くて体がカチカチになる。冷凍《れいとう》イカになったみたい。本当にイカになれたらいいのになあ。そうしたら、カナダの学校なんかに行かなくていいもん。

「あおい。なにやってるの。早く車に乗りなさい」

お母さんが、鍵《かぎ》をかけながら言った。

「あ、はーい」

こんなことやってたから、居心地が悪くなったんだった。ふつうにしてないと、ここでも居心地が悪くなっちゃう。

幸太は、いつの間にか、車に乗っていた。玄関前の三段《だん》の階段を一気に飛びおりて、わたしも車に乗《の》り込《こ》む。お母さんは、車のドアに手をかけると、深呼吸《しんこきゅう》をしてから乗ってきた。それから、「よしっ、行くわよ」と言ってエンジンをかけた。

お母さんは、左ハンドルの車の運転がこわいみたいで、カナダに来てからは、運転する前に必ずこうやって気合を入れる。いつもは早く運転すればいいのにって思うんだけど、今日はちょっとお母さんの気持ちがわかる。よしって気合を入れて不安をおし返さないと、ぺちゃんこになっちゃいそうな気がするから。

自動車会社に勤《つと》めるお父さんが、カナダに転勤《てんきん》になるかもしれないという話を聞いてきたのは、去年の十一月、よりにもよって、わたしの十歳《さい》の誕生日《たんじょうび》だった。

いつもより早く家に帰ってきたお父さんは、わたしの大好物のカニクリームコロッケとコーンスープがならんだテーブルに着くなり、カナダへの転勤の話を始めた。

「カナダに行くことになるかもしれない」

そのあとは、幸太とわたしとお母さんで、お父さんを質問《しつもん》ぜめにした。

「カナダってどこ?」

「いつ行くの?」

「何年行くの?」

「ちょっと落ち着いてくれ。まだ決定じゃないんだ。でも、もし、行くとなったら来年の春から三年。できることなら、みんなで行きたい」

それだけ言うと、お父さんは、グラスに入ったビールを一気に飲みほした。

「学校は？」

「この家は、どうするのよ」

「ぼく、カナダ語、しゃべれないよ」

「カナダ語なんてないよね？　カナダ人て、英語をしゃべってるんでしょう？」

「今日転勤になるかもしれないって話を聞いてきたばかりなんだから、お父さんも全然わからないよ。だいたい、まだ決まったわけじゃないって言っただろう」

お父さん、イライラしてる。

「そうね。今日は、あおいの誕生日なんだし、カナダへの転勤話は正式に決まってからでいいわよね」

お母さんは、そう言って、空になったお父さんのグラスにビールを注いだ。

それからは、だれも転勤の話はしなかったけど、みんな頭の中ではそのことばかり考えていたと思う。わたしは、英語もわからないのにカナダの学校に行くってことを考えたら、なんだかドキドキしてきて、せっかくのカニクリームコロッケの味もわからなかった。ごはんのあとのバースデーケーキは、もっとひどかった。ケーキの味のことじゃなくて、ハッピー・バースデー・トゥ・ユーっていう歌が。なんか、短調になってた。ろうそくを吹き消したら、家中が真っ暗になって、拍手《はくしゅ》じゃなくて、お父さんの「はあっ」ていうため息が聞こえた。

お父さんは、「まだ決定じゃない」ということにわずかな期待をよせていたみたいだけど、一月に入るとすぐにカナダへの転勤が正式に言いわたされた。

その時は、まだ学校が楽しかったし、友達の絵里《えり》ちゃんとはなれたくなかったから、カナダに行くって決まってから、わたしはずっと泣いていた。

「お姉ちゃん、なんでそんなにカナダがいやなの？　ぼく、先生に、カナダに行くんだよって言ったら、先生、いいわねって言ってたよ。カナダっていいところなんだって。先生も行きたいんだって」

幸太は、まだ保育園《ほいくえん》の年長だから、カナダに行くってことがどういうことか、わかってない。

「だったら、幸太の先生がカナダに行けばいいよ。わたしは行きたくないもん。すごく寒いところなんだよ。仲良しの友達ともさよならしなくちゃいけないんだよ。英語がわからないのに、英語で授業《じゅぎょう》を受けるんだよ。そんなの、こわいじゃん。いやに決まってるよ。お父さんだけで行けばいいんだよ」

わたしが、そう言うのを聞いて、お母さんが、やんわり注意した。

「そんなこと、言わないの。お父さんも、こわいんだと思うよ。外国で暮《く》らしたことなんてないし、英語もしっかりわかるわけじゃないし。だから、一日、緊張《きんちょう》して仕事をしたあとは、あおいや幸太の顔を見てリラックスしたいのよ。大丈夫《だいじょうぶ》。家族みんなで力を合わせれば、なんとかなるから」

お母さんは、そんなこと言ってたのに、三月にカナダに行ったのはお父さんだけだった。

カナダの学校の新年度が九月から始まるということもあったけど、お母さんが、幸太に日本の小学校を経験《けいけん》させてから行きたいって言ったからだ。

だからわたしは、五年生の一学期は、そのまま日本の学校に通って、八月の終わりに、お母さんと幸太とわたしの三人で、飛行機でカナダのオンタリオ州というところに来た。

トロントの空港におりると、お父さんがむかえに来てくれていた。久《ひさ》しぶりにお父さんに会えて、飛行機の疲《つか》れも吹き飛んだ。お父さんも、わたしたちに会えてうれしそうだった。

トロントの空港から、お父さんの運転する車で401《フォーオーワン》という高速道路に乗った。見わたすかぎり全部が道路っていう広い高速道路でびっくりした。幸太は、ロボットに変身しそうな大きなトラックを見て、大喜びしていた。

「もうすぐ着くぞ」

いつの間にか、寝《ね》ていたみたい。お父さんの声で起こされた。高速道路はとっくにおりていた。大きな木にかくれるように、家がぽつん、ぽつんと建っている。高い建物がなんにもない。

「今、何時?」

「もうすぐ夜の九時」

九時とは思えないくらい明るかった。信号待ちをしていた時、交差点の角にショッピングプラザが見えた。

「そのショッピングプラザのうらだよ」

お父さんの運転する車は、ショッピングプラザのうらの黄色いレンガの門を入っていった。入って右側に横幅《よこはば》の広い二階建ての建物が見えた。建物の前面にドアとガレージが五つづいていて、それぞれのドアの横とガレージの上に家の番号がついていたので、五軒《けん》つながっているんだとわかった。こういうとなり同士の壁《かべ》がつながった建物はタウンハウスというんだそうだ。このタウンハウスの奥《おく》から二番目が、わたしたちの家だった。

気合が十分入ったお母さんの運転する車は、タウンハウスの門の前を出るとショッピングプラザと反対の方へ向かった。この辺りは一戸建ての住宅《じゅうたく》がならんでいる。どの家にも前庭があって、芝生《しばふ》がじゅうたんみたいにきれいに手入れされている。こんな大きな木、神社でしか見たことがないっていうくらいの背《せ》の高い木が植わってる庭もある。その木の周りを黒い毛のリスとグレーの毛のリスが追いかけっこしていた。木の上のほうの葉っぱは赤くなってて、強い風に吹きつけられてるけど、まだ飛ばないよって葉っぱが枝《えだ》にしがみついてるみたい。すごく寒いけど、まだ冬じゃなくて、秋なんだ。

住宅街の先に、赤いレンガづくりの平屋の学校が見えてきた。学校が近づくにつれ、歩いている子どもの数も、車の数も増《ふ》えていく。学校の横の道に、黄色いスクールバスが三台とまっていて、真新しいバックパックを背負った子たちが、次から次へとおりてくるのが見えた。先週の月曜日に転入手続きに来た時とは、全然活気がちがう。

学校の前の道は、子どもたちを送ってきた親たちの車でいっぱいだった。お母さんは、のろのろと運転しながら、車をとめられるところを探《さが》す。

「ねえ、とめるところないみたいだから、このまま家に帰ろうよ」

本当に帰りたいのは、家じゃなくて日本なんだけど。

「なに言ってるの。とめるところがなかったら、あなたたちだけ車からおろして、お母さん一人で家に帰るわよ」

「そんなの、いやだ！」

お母さんが、そんなことするわけないのに、幸太は本気で怒《おこ》ってる。幸太もこわいんだ。

学校の前を通《とお》り過《す》ぎて、横道に入る。かなり行ってから、ようやく空いている場所を見つけた。

「ここにとめるわね。ちょっと歩くけど、時間はあるから大丈夫よ。幸太、急にドアを開けたらダメだからね」

背の高い男の子が、車の横を通り過ぎていく。

「お母さん、あの子見て。すごく大きい」

「オンタリオ州の小学校はキンダーガーテン（幼稚部《ようちぶ》）から八年生まであるから、あの男の子は八年生かもね。日本でいうと中学二年生くらいかな」

中学生どころか、高校生に見えるけど。わたし、こんな人たちと同じ学校に行くんだ。食べたら英語がわかるようになるチョコレートとか、知らない人にプシューッてしたら、その人が、わたしのことを友達と思っちゃうスプレーとか、そういうマジックアイテムがあったらいいのに。マジックチョコレートを食べて、英語をペラペラとしゃべっているわたしを想像《そうぞう》してみる。英語がしゃべれたら、マジックスプレーがなくても、友達はできそうだ。

「ほら、あおい、また、ぼーっとして。早くおりなさい」

また変なこと考えちゃった。でも、こういうことを考えてると、ちょっとだけこわくなくなるんだもん。

右、左、右と車を確認《かくにん》して学校の前の道路をわたる。わたり終わってから、車が日本と反対側を走っているから、左、右、左って見るんだぞってお父さんに言われたのを思い出した。明日《あした》からは、気をつけよう。

校舎《こうしゃ》の前の駐車場《ちゅうしゃじょう》から正面玄関に続く歩道がある。先週は、この玄関から校舎の中に入って転入の手続きをしたんだけど、今日はだれもこの正面玄関から中に入っていかない。

「どこに行けばいいのかしらね」

お母さんが言う。

「えー、知らないの？」

「うん。でも、まあ、みんなの行くほうについていけば、なんとかなるでしょう」

正面玄関の前の歩道は、校舎を囲むように続いている。そこには人の流れができていて、みんな、その歩道を校舎のはしにくっついている八角形の図書室のほうに向かって歩いていた。転入手続きの時に、事務員《じむいん》さんが校舎内を案内してくれたから、図書室のことはよく覚えてる。ドームみたいに天井《てんじょう》が高くて、明るくて、とても素敵《すてき》だった。こんな図書室でソファーに座《すわ》って本が読めるなんて、なにかの物語の主人公みたいだと思ったんだ。

図書室をぐるっとまわったら、校庭に出た。校庭の真ん中には、アスファルトのバスケットコートがあって、そのとなりに、すべり台とジャングルジムのくっついた遊具があった。それをL字形《エルじがた》に囲むように校舎が建っている。

図書室のとなりにある玄関の前に、人がいっぱい集まっている。

すごく太ったお母さん。サンタクロースみたいなひげを生やしてるおじいさん。ちりちりの髪《かみ》の毛《け》の黒い肌《はだ》の男の子。くるくるの金髪《きんぱつ》に青い目をした女の子。長い髪を黒い布《ぬの》でお団子《だんご》にしている茶色い肌の男の子。頭を布でおおってる女の人。

まるで、ちがう星に来たみたい。

「ぼく、すべり台で遊んでくる」

わたしは、そこにいた人たちに目が行ってたんだけど、幸太は、遊具に目が行ってたみたい。

「あ、こら、幸太、待ちなさい」

お母さんが、幸太を追いかける。一人になりたくないから、わたしも幸太を追いかけた。

幸太が、すべり台の階段に足をかけた時、蛍光《けいこう》オレンジのベストを着た女の人が、幸太に話しかけた。幸太は、きょとんとしている。幸太には言葉が通じないとわかったみたいで、ベストの女の人は今度はお母さんに話しかけた。

『＊＊＊＊＊＊＊＊＊＊＊＊＊＊＊＊＊＊＊』

早すぎて、なにを言ってるのか全然わからない。カナダに行くことになるかもしれないって話があってから、毎日、英会話教室に通ったんだけどな。

『オーケー、アイ・シー（はい、わかったわ）』

そう言ってから、お母さんは、幸太にすべり台からおりるように言った。

「すべり台が朝つゆでぬれていて、すべってあぶないから、遊んだらダメなんだって。たぶん、休み時間になったら遊べるわよ。ほら、あっちに行こう」

「あっちって、どっち？」

幸太は、階段の手すりを持ったままでいる。きっと、行く場所がわかるまで、すべり台からはなれないつもりだ。

「ほんとだね。どっちに行ったらいいんだろう」

お母さんは、さっきのオレンジのベストの人に聞いた。

『エクスキューズ・ミー、バット、キャン・ユー・テル・ミー・ウェア・シュドゥ・ゼイ・ゴー？（すみません、どこに行ったらいいか、教えていただけますか？）』

『Of Course. What grade are they in?（もちろんですよ。何年生ですか？）』

『マイ・サン・イズ・グレード・ワン、アンド、マイ・ドーター・イズ・グレード・シックス（息子《むすこ》は一年生で、娘《むすめ》は六年生です）』

そうだった。わたし、日本では五年生だったのに、カナダに来たら六年生になっちゃったんだよ。幸太は、日本でも一年生で、カナダに来ても一年生なのに。なんか不公平。

『OK. The grade ones are meeting at that entrance, I don't know which class he is in. You can ask Ms.Grover. She is the one with the short brown hair.（一年生は、その玄関の前です。彼《かれ》がどこのクラスに入るかわからないから、あの茶色のショートヘアーのミズ・グラバーに聞いてください）』

幸太は、この図書室のとなりの玄関ってことなのかな。

『The grade sixes are meeting over there.（それから、六年生は、あっちです）』

そう言って、オレンジのベストの人は、L字形の校舎のはしっこの玄関を指さした。図書室から一番遠いところにある玄関だ。

「あおいは、あそこの玄関だって。一人で行けるわよね」

「え？　わたし、一人で行くの？」

「幸太をここに一人にしておいたら、また、すべり台のところに行っちゃうでしょう」

本当に不公平！

言われた玄関を見てみる。

緑のモヒカン頭の男の子と、サングラスをかけた男の子がふざけ合ったり、寒い寒いって感じで、女の子たちが抱《だ》き合《あ》ったりしてる。あ、トロント・ブルージェイズのぼうしをかぶった男の子が壁にボールをぶつけて、先生に注意された。

なに言ってるか聞こえないけれど、みんな英語でしゃべってるんだろうなあ。

「お母さん、チョコレートちょうだい」

「チョコレートなんて持ってないわよ」

「チョコレート食べたら、英語をしゃべれるようになるのに」

「は？　また変なこと言って。チョコレート食べたって、しゃべれるようになるわけないでしょう。英語なんて、慣《な》れよ、慣れ。慣れるまでが大変だけど、慣れたらなんてことないわ。特に子どもなんて、すぐに慣れちゃうんだから。なんとかなるわよ」

また出た。お母さんの「なんとかなる」。言うだけは簡単《かんたん》だよね。

「お母さん、帰りはここで待ってるからね。じゃあ、がんばって！」

お母さんに背中をおされて、わたしは教えられた玄関に歩き出した。体中が心臓《しんぞう》になったみたいに顔も手もドキドキいってる。

グレード6《シックス》の玄関の前には、四つのグループができていた。それぞれのグループの真ん中には、バインダーを持った先生がいて、一人一人、名前を呼《よ》んでいる。名前を呼ばれたら、その先生のところに行くことになっているようだった。わたしの名前は、もう呼ばれたのかな。もし、もう呼ばれてたら、どうしたらいいんだろう。

四人の先生たちを遠巻《とおま》きに見ていたら、眼鏡《めがね》をかけた背の高い女の先生と目が合った。

先生は、バインダーをチェックすると、わたしを見て、

『Aoi?（エーオーアイ？）』

と言った。

エーオーアイって、なんだろう？

わたしが首をかしげていると、先生は、わたしを見たまま、もう一度、『Aoi Suzuki（エーオーアイ・スズキ）』と言った。

「え？」

もしかして、エーオーアイって、わたしの名前？

わたしが返事をしないでいたら、先生は、周りにいる子たちをかき分けて、わたしの前まで来た。返事をしなさいって怒られるのかと思ったら、にっこり笑いながら、バイン

ダーにはさんである名簿《めいぼ》を見せてくれた。当たり前だけど、全部英語だった。どこを見ていいのかわからない。先生は、名簿の下から四番目を指さして、

『Aoi Suzuki（エーオーアイ・スズキ）』

と言った。

あ、やっぱり。わたしの名前を呼んでたんだ。先生の顔を見上げる。お父さんよりも背が高い。

『マイ・ネーム・イズ・アオイ・スズキ』

『Oh, Aoi. I'm sorry.（まあ、アオイだったの。ごめんなさいね）＊＊＊＊＊＊＊＊＊＊＊＊＊＊＊＊＊＊＊＊＊』

先生、いっぱい話してるけど、アイム・ソーリーしかわからない。体が、どんどんかたまっていく。

先生は、しゃべり終わると、名簿を持っていないほうの手で自分の胸《むね》をおさえ、

『I'm Mrs. Mackenzie. I'll be your teacher.（わたしは、ミセス・マケンジーです。あなたの先生よ）』

と言って、にっこり笑った。どんとこい、って言ってるみたい。

『Addison, can you come here, please?（アディソン、ちょっとこっちに来てくれない？）』

「アディソン」と呼ばれた女の子がこっちに来た。ほとんど白に近い金髪の毛先をピンク色に染《そ》めている。青い大きな目がビー玉みたい。

『Aoi, this is Addison. Addison, this is Aoi.（アオイ、この子はアディソンよ。アディソン、この子はアオイね）』

『Hi, nice to meet you.（こんにちは、初めまして）』

『Addison,（アディソン、）＊＊＊＊＊＊＊＊＊＊＊＊＊＊＊＊＊＊＊＊』

ミセス・マケンジーが、アディソンになにかを言うと、アディソンはうなずいて、

『OK.（わかりました）』と言った。それから、わたしに優《やさ》しく笑いかけてくれた。

アディソンは、学級委員かなにかで、わたしのお世話をしてくれるのかな。

『サンキュー（ありがとう）』

『Thank you? For what?（ありがとう？　なんで？）』

アディソンが、変な顔でわたしを見る。

サンキューって、変だったかな。じゃあ、なんて言ったらいいんだろう。あ、あいさつ

がまだだったかも。

『ハーイ（こんにちは）、えっと……』

アディソンの青い目を見たまま、体がかたまる。次の言葉が出てこない。初めましてって言いたいんだけど、なんて言うんだっけ。忘《わす》れちゃった。さっき、アディソンが言ってたばかりなのに。

あーあ、マジックチョコレートが本当にあったらいいのに。あ、でも、わたし、初めての人と話すのは苦手だから、マジックチョコレートよりも、マジックスプレーのほうがいいかも。スプレーをかけたらずっと前から友達みたいに思えるんだったら、初めましてってあいさつなんかしなくてもいいもん。

でも、マジックスプレーって、どこに吹きかけたらいいんだろう。顔かな？　あ、でも、気持ちの問題だから、胸の辺りに吹きかけたほうがいいのかな。きっと、そうだ。顔なんかに吹きかけたら、目が見えなくなっちゃうもん。

それにしても、アディソンの目って、本当に青いなあ。青い目で見ると、景色も青っぽく見えたりするのかな？　もちろん、青いセロファンを通したようには見えないだろうけど、でも、青い絵の具を二、三滴《てき》垂《た》らした水の入ったコップを通して見るくらいには青く見えてるのかもしれない。実際《じっさい》にどんな風に見えるのか、アディソンと入れかわってみたいなあ。

『Aoi? What are you thinking?（アオイ？　なに考えてるの？）』

いけない。また、変なこと考えてた。アディソンが、ちょっとこまったような顔でわたしを見てる。いやだ、アディソンに変な子って思われたら、ここでも居場所がなくなる。

『あ、アイム、アイ・キャント、（わたしは、わたしが）……』

『Don't worry,（大丈夫、）＊＊＊＊＊＊＊＊＊＊＊＊＊＊＊＊＊＊＊＊＊＊＊＊＊』

アディソンは、わたしの手をとって、にっこり笑った。アディソンの手が温かくて、わたしのかたまった体はほぐれていった。

『OK, everybody,（さあ、みんな、）＊＊＊＊＊＊＊＊＊＊＊＊＊＊＊＊＊＊＊＊』

ミセス・マケンジーは、玄関のドアに向かって歩き出した。

わたしは、アディソンと手をつないだまま、みんなのあとについて歩いた。

歩いている途中《とちゅう》、アディソンは、

『I like Japanese animation. I know a little bit Japanese.（わたし、日本のアニメが好きなの。少しなら日本語がわかるよ）』

と言って、「アリガトウ」「サヨナラ」「カワイイ」と知っている日本語をしゃべりだした。

「すごい」

わたしが、そうやって日本語で言ったら、アディソンは、すぐに、

「スゴイ」

と声に出して、スゴイという言葉を覚えてしまった。意味までわかったのかどうかは、わからないけど。

アディソンは、トイレの場所や学校での決まり事を、英語と日本語、身振《みぶ》り手振《てぶ》りを使って教えてくれた。完璧《かんぺき》にわかったわけじゃないけど、だいたいのことはわかったと思う。

アディソンと一緒《いっしょ》だったらなんとかなりそうだな、と思いながら歩いているうちに、教室に着いた。教室の前のろうかにはロッカーがならんでいて、ロッカーの上のところに名前の書かれたシールが張《は》ってあった。

「Aoi」と書かれたシールの張ってあるロッカーにバックパックを置いてから、室内ばきにはきかえて、教室に入った。

机《つくえ》の上にも、名前の書かれたシールが張ってあった。わたしの机は、一番前の左はし、ミセス・マケンジーの机のすぐ横だ。

自分の机のところに行って、教室を見まわした。

生徒は全部で二十五人。ほとんどの子が白人だけど、中には浅黒い肌の色をした女の子や、インド人ぽい男の子、アジア系《けい》の男の子もいた。あのアジア系の子は、何人なんだろう。日本人じゃないだろうけど、やっぱり自分と同じような黒い髪や低い鼻を見ると落ち着く。

外国人はわたしだけじゃないんだと安心しかけたけど、その子たちがふつうに英語をしゃべってるのを見て、また体がかたくなった。英語が話せないのは、わたしだけみたい。

席に着いたまま、かたまっていたら、校内放送がかかった。スピーカーから、女の人の声が聞こえる。すると、みんなが席を立って、気をつけをした。

なにが始まるんだろうと思っていたら、音楽がかかった。

『O Canada（オー・カナダ）＊＊＊＊＊＊＊＊＊＊』

みんな歌ってる。わたしだけが歌えない。わたしは、だまって、みんなが歌ってるのを聞いていた。歌が終わると、校内放送も終わって、みんなが座った。みんなと同じようにわたしも座る。

それから、ミセス・マケンジーは、自己紹介《じこしょうかい》をしたり、教室でのルール、宿題なんかの説明をしていたんだと思う。ミセス・マケンジーの言ってることは、半分もわからなかった。

ピピピピッという目覚まし時計のようなチャイムが鳴って、やっと一時間目が終わった。なんか長く感じたなあと思って時計を見ると、十時五十分だった。カナダの一時間の授業は日本の倍以上もあるんだな。

みんなが、ろうかに出ていく。なんだかわからないまま、わたしもろうかに出た。

男の子が、くつを外ばきにはきかえている。休み時間に外で遊ぶのかな。

わたしも、くつをはきかえようとしたら、アディソンに、

『Will you be going home?（家に帰るの？）』

と聞かれた。

『ゴーイン・ホーム？（家に帰る？）』

『For lunch.（お昼ごはんを食べに）』

『ランチ？（お昼ごはん？）』

アディソンは、ランチバッグを持っている。他の子を見ると、みんなもランチバッグを持っていた。

まだ十一時にもなってないのに、もう、お昼ごはんの時間なんだ。

じゃあ、くつをはきかえてる子たちは、どこに行くんだろう。

外に出ていく子たちをじっと見ていたら、アディソンが、

『They are eating lunch at home.（あの子たちは、家でお昼ごはんを食べるんだよ）』

と、言った。

えっ？　お昼ごはんを食べに、家に帰っちゃうの？　ちゃんともどってくるのかな。

『You too?（あなたも？）』

ユー・トゥーって、なにが？

『Are you eating lunch at home, too?（あなたも家でお昼ごはんを食べるの？）』

ああ、そういうことか。わたしは、もちろん、お昼ごはんを食べに家には帰らない。でも、それを英語でどうやって言ったらいいんだろう。

『えっと、ディス・イズ・マイ・ランチ（これはわたしのランチです）』

わたしは、バックパックからお弁当箱《べんとうばこ》の入ったピンクのきんちゃく袋《ぶくろ》を取り出してアディソンに見せた。

『Oh, OK.（わかった）』

わかってくれたみたい。

『Why don't we eat together?（一緒にランチを食べない？）』

トゥゲザーって言った。一緒に食べようって言ってくれたんだ。わたしが、うなずくと、アディソンはうれしそうな顔で教室にもどっていく。わたしはアディソンについていった。

アディソンは、金髪をヘアバンドでとめている女の子と、そばかすのいっぱいある赤い髪の女の子のところへ行った。

『This is Grace, and this is Emma.（こっちがグレイスで、こっちがエマ）』

アディソンは、二人を紹介してくれた。

『ハイ（こんにちは）』

笑ったつもりだけど、ちょっと顔が引きつってたかもしれない。

グレイスは、チョコレートバーの袋をやぶりながら、

『Hi, Aoi.（こんにちは、アオイ）』

と言った。

エマは、チーズをはさんだクラッカーを食べていてしゃべれなかったので、軽く右手をあげてあいさつしてくれた。

えっと、今は、ランチの時間なんだよね？　おやつの時間なのかな。

おやつの時間に、一人でお弁当なんて食べてたらいやだなと思って、周りを見わたした。近くに座っていた茶色い髪の男の子が、ベーグルサンドを食べていたから、やっぱり、おやつじゃなくてランチの時間なんだとわかった。

カナダには給食がないから、毎日お弁当を持っていくのよとお母さんが言っていたけど、こんなお菓子《かし》みたいなランチを毎日食べてて、みんな病気になったりしないのかな。

わたしは、きんちゃく袋から、お弁当箱とおはしを出した。

『Oh, chopsticks. Cool!（あ、おはしだ。かっこいい！）』

アディソンがそう言ったら、ベーグルサンドを食べていた男の子が、わたしのお弁当をのぞきこんだ。

今日のお弁当は、チャーハンだ。お母さんの作るチャーハンは、パラパラしてないから、おはしでも大丈夫。お母さんが、野菜もお肉もいろいろ入って、栄養満点だって言いながら、朝、作ってくれた。

チャーハンを見て、ベーグルサンドの男の子が、

『Is that garbage? Did your mother make it?（それ、ガーベージ？　おまえのお母さんが作ったの？）』

と言って、にっと笑った。

ガーベージがなにかはわからなかったけど、お母さんが作ったの？　と聞かれたのはわかった。

『イエス（そうだよ）』

わたしがそう言ったとたん、その男の子の周りで、どっと笑いが起きた。

「え？」

みんな、なんで笑ってるんだろう？

『Justin!（ジャスティン！）＊＊＊＊＊＊＊＊＊＊＊＊＊＊＊＊！』

アディソンが、茶色い髪の男の子を怒鳴《どな》りつけた。

なんでアディソンが怒っているのか、さっぱりわからない。

ジャスティンと呼ばれた茶色い髪の男の子が、手に持っていたジュースパックをアディソンに投げつける。アディソンは、ジュースパックをよけて、またジャスティンになにかを言った。すると、ジャスティンがアディソンになぐりかかろうとした。アディソンは、いすを盾《たて》にして、なにかを言ってる。

教室中が、ワーワーという大きな声のうずに包まれる。

わたしは、どうしてこんなことになったのか、全くわからないまま、アディソンとジャスティンのけんかを見ていた。

『Hey, you two! What's the problem here?（ちょっと、あなたたち！　なにやってるの？）』

『Mrs. Enns!（ミセス・エンズ！）』

だれかが呼んできたのか、オレンジのベストを着た女の人が教室に入ってきた。

それから、二人になにかを言うと、そのまま、アディソンとジャスティンをどこかへ連れていった。

ジャスティンは、連れていかれる時に、わたしを見て、

『Chinese are so weird.（中国人はウィアードだ）』

と言った。

わたし、チャイニーズ（中国人）じゃないんだけど。それに、ウィアードってなんだろう？

呆気《あっけ》にとられながら連れていかれるジャスティンの後《うし》ろ姿《すがた》を見ていたら、エマが、

『Don't worry about Justin.（ジャスティンのことは気にしないで）』

と言った。

『Yeah, he is（そうだよ、彼は）＊＊＊＊＊＊＊＊＊＊＊＊＊＊』

グレイスもなにかジャスティンのことを言っていたけど、よくわからなかった。

みんながお弁当を片《かた》づけだしたころ、アディソンがもどってきた。グレイスとエマがアディソンになにか話しかける。アディソンは、ぶすっとした顔のままで、グレイスとエマに答えている。ジャスティンはもどってこない。

ピピピピッとチャイムが鳴った。みんなろうかに出てくつをはきかえる。今度こそ、外に出て遊ぶんだ。

さっきアディソンたちを連れていったミセス・エンズが、玄関のドアを開け放って、みんなを外に出した。魚の放流みたい。わたしも流されるように外に出た。

相変わらず空は曇《くも》っていて、空気が冷たい。でも、新鮮《しんせん》な空気が体中に行きわたってい
く感じが気持ちいい。

アディソンとグレイスとエマは、体操《たいそう》教室のロゴのついたおそろいのパーカーを着て外に出てきた。三人とも、同じ体操教室に通っているみたい。三人で、側転とか、ブリッジとかして遊んでいる。

わたしは、体操なんてできないから、三人がクルクルまわるのを校舎の壁にもたれて見ていた。

寒いし、つまらない。そうだ、図書室に行こう。

そう思って、さっき出てきた玄関のところへ行ったけど、ドアに鍵がかかっていて中に入れなかった。仕方がないから、チャイムが鳴るまで、壁にもたれて校庭で遊びまわっているみんなを見ていることにした。

リモコンで、休み時間を早送りできたらいいのになあ。早送りしたら、あの三人がクルクルまわるの、すっごくおもしろいと思う。クルクルまわってバターになっちゃう話があったけど、なんだったっけ。バターになる瞬間《しゅんかん》て、どんな感じなんだろう。

そうやって、三人を見ていたら、アディソンと目が合った。

しまった。わたし、今、笑ってたかもしれない。アディソンは、首をかしげてる。変な子って思われたのかもしれない。

アディソンが、わたしのほうに歩いてきた。今のことをなにか聞かれたら、なんて言ったらいいんだろう。

その時、ちょうど、チャイムが鳴った。ミセス・エンズがドアを開けたので、わたしは校舎の中に入った。

三時二十分。チャイムが鳴ると、みんなが「バーイ」とか、「イエーイ」とか言いながら、いっせいに教室を出ていった。日本みたいに、帰りの会なんてしないんだな。そういえば、入学式も始業式もなかったし、そうじもしなかった。

教室には、わたしとミセス・マケンジーの二人だけが残った。わたしが、バックパックに筆箱をしまっていたら、ミセス・マケンジーが、帰《かえ》り支度《じたく》をすませて、わたしの机の前に来た。

『Aoi,（アオイ、）＊＊＊＊＊＊＊＊＊＊＊＊＊＊』

なにを言ってるのか、わからない。早くしなさいって言ってるのかなあ？

なにも言わないでミセス・マケンジーの顔を見ていたら、もう一度、今度は、ゆっくり、はっきりと言ってくれた。

『How was your first day of school?（学校一日目はどうだった？）』

日本の学校といろいろちがうし、ジャスティンとアディソンのけんかもあって、ちょっとびっくりしたけど、でも、思ったより大丈夫だった。

そんなふうに言いたいけど、言えないから、一言で答える。

『グッド（よかったです）』

『Nice to hear. I'll talk to Justin.（よかった。ジャスティンには話しておくわ）＊＊＊＊＊＊＊＊＊＊＊＊＊＊＊＊＊＊＊＊＊＊＊』

先生は、わたしに話し続ける。なにかジャスティンのことを言ってるみたい。でも、よくわからない。

なにも言わないわたしに、ミセス・マケンジーは、

『No worries.（気にしなくていいのよ）』

と言って、赤いかばんの中から金色の丸い缶《かん》を取り出した。そして、ふたを開けて、わたしの前に差し出した。白い粉がかかったあめがいっぱい入っている。

『Help yourself.（どうぞ食べて）』

食べていいよってことだよね。

赤や緑のいろんな色がある。色によって味がちがうのかな。どれにしようかと迷《まよ》っていたら、粉がまぶしてあるのに、黄色いあめがキラッと光ったように見えた。

『サンキュー（ありがとう）』

黄色のあめをつまんで口に入れたら、レモンの味が広がった。

『Aoi, you are doing great. I am so proud of you.（アオイ、あなた、よくやってる。あなたをほこりに思うわ）』

ミセス・マケンジーの言ってること、日本語みたいにはっきりわかるわけじゃないけど、ほめてくれてるのはわかった。言葉がわからないのに、気持ちってわかるんだ。あ、このレモン味のあめのせいかも。きっとこのあめは、言葉がわからなくても気持ちがわかるようになるあめなんだ。

『Oh, did you get a candy? Lucky girl!（ああ、あめをもらったの？　よかったね！）』

グレーのシャツを着たおじさんが、そうじ道具を持って、教室に入ってきた。このおじさんが、そうじをしてくれるんだ。早く、出ていかなくちゃ。

『You don't need to hurry.（あわてなくても、大丈夫よ）』

ミセス・マケンジーは、わたしを待ってくれているのか、そうじのおじさんと世間話を始めた。そして、わたしの帰りの準備《じゅんび》ができたところで、一緒に教室を出た。

『See you tomorrow.（また、明日ね）』

『バーイ（さよなら）』

あめのせいかな。ふつうに笑ってバーイって言えた。

玄関を出ると、お母さんが、幸太と手をつないで、わたしを待っていた。

「どうだった？」

「なに言ってるか、よくわからなかったけど、まあ、なんとかなった」

「だから言ったじゃない。なんとかなるって」

お母さんは、自信満々に言った。

「なんとかなった」というのは、「なんとか一日が終わった」というだけで、「無事に過ごせた」という意味じゃないんだけどなあ。でも、わたし、今、ふつうに生きてるから、無事に過ごせたということになるのかなあ。

「そういえば、あおい宛《あて》に手紙が来てたわよ」

「え、ほんと？　だれから？　おばあちゃん？」

「さあね、帰ってからのお楽しみ」

家に帰ると、まっすぐ、いつも郵便物《ゆうびんぶつ》が置いてあるキッチンカウンターに行った。

「うわあ、絵里ちゃんからだ！」

わたしは、早速《さっそく》、封筒《ふうとう》を開けた。

あおいちゃんへ

元気ですか？

わたしは、元気です。

カナダは、寒いですか？　日本は、すっごく暑いよ！

二学期が始まって、すぐに学習発表会の練習が始まりました。

今年はクラスごとじゃなくて、五年生全員でげきをします。

そのげきがね、なんと、『モネのぼう険《けん》』なんだよ。すごいでしょ。あおいちゃんがいたら、なんの役やってたかなあと思ったら、手紙を書きたくなっちゃったんだ！

ちなみに、わたしの役はココだよ。
あおいちゃんといっしょに『モネのぼう険』のげき、やりたかったよ！
英語はしゃべれるようになりましたか。友達はできましたか。
カナダのことも教えてください。
じゃあね、バイバイ！

絵里

うれしくて、絵里ちゃんからの手紙を何度も読み返した。絵里ちゃんと一緒だったら、カナダでも、どこでも、楽しくなっただろうなあ。
『モネの冒険《ぼうけん》』は、わたしと絵里ちゃんの大好きなまんがだから、それの劇《げき》をするなんて、いいなあって思うけど、でも五年二組のみんなと劇をすることなんて考えられない。どうせ、言い方が気持ち悪いとかなんとか言われて、悲しい気持ちになるだろうから。大好きな『モネの冒険』が、いやな思い出に変わってしまったら、わたし、立ち直れなくなると思う。だから、きっと、カナダに来てよかったんだ。よくはないか。ましってだけかな。

すぐに絵里ちゃんに返事を書きたかったけど、レターセットを持ってなかったから、返事が書けなかった。次にお母さんが買い物に行く時に、わたしもついていって、レターセットを買ってもらうことにした。

お父さんは、夕方五時に帰ってきた。日本にいたころは、いつもわたしが寝るころに帰ってきてたんだけど、カナダに来てからは、毎日、わたしたちと一緒に晩《ばん》ごはんを食べる。

「カナダ人は、残業しないで定時になると帰っちゃうんだ。一人で残ってても仕事にならないからね、お父さんも早く帰ることにしたよ」

定時というのは三時半らしいから、それでも少し居残りをしてから帰ってきてるみたいだけど、日本にいた時よりは断然《だんぜん》早い。そのかわり、朝は七時から始まるから、わたしたちが起きるころに家を出る。

「おお、今日はからあげか。おまえたちの好物だなあ」

「二人とも、初日、がんばったねっていうごほうびよ」

「カナダの学校はどうだった？　友達できたか？」

「できたよ！」

幸太がうれしそうに言うので、わたしは幸太をにらんだ。

「本当の友達なんて、一日でできるわけないじゃん」

「だって、できたんだもん。マックスとローガン。一緒におにごっこしたんだよ」

「へえ、おにごっこって英語でなんて言うんだ？」

「おにごっこはタグで、おにはイットだよ」

「すごいなあ、幸太。お父さん、そんなこと知らなかったよ」

「それからねえ、『オー・カナダ』を教えてもらった」

「オー・カナダ？」

お父さんが聞いたら、幸太が、「オー・カーナダー」と歌いだした。

「ああ、国歌か」

朝、みんなが歌ってた歌、国歌だったんだ。なんか、軽いというか、楽しい感じの曲だったから、「みんなのうた」とか、「今月の歌」とか、そういう歌かと思ってた。

「あおいはどうだった？」

お父さんがわたしを見た。

「ランチタイムにけんかが始まって、ちょっとびっくりしたけど、あとは思ったより大丈夫だった。わからない単語は、教室のパソコンを使って検索《けんさく》してもいいってミセス・マケンジーが言ってくれたし。ああ、わからない単語といえばさ、ガーベージってどういう意味?」

「ガーベージ? ごみのこと?」

「ごみ?」

あっ、そういうことか。

ジャスティンは、わたしのチャーハンを見て、これはごみか? って聞いたんだ。それで、わたしがイエスって言ったから、みんなで笑ったんだ。アディソンは、なんにもわかってないわたしのかわりに、ジャスティンに怒ってくれてたんだ。

明日、学校に行ったら、アディソンにありがとうって言おう。でも、これから毎日、ジャスティンがわたしのお弁当に文句《もんく》をつけて、アディソンとけんかになるのもこまる。

「お母さん、明日から、お弁当、サンドイッチにしてくれない?」

「え? どうして?」

お母さんの作ってくれたお弁当のことをごみって言われたなんて、とてもじゃないけど言えない。

「どうしても」

「なにか言われたの？」

「べつに。みんなと同じのほうがいいから。それよりさ、宿題があったんだ」

「初日から宿題が出たのか。どんな宿題だ？」

「オール・アバウト・ミーっていう作文を書くの。金曜日までに書いて提出《ていしゅつ》するんだって」

「自己紹介か。一人で書けるか？」

「うん。そんなにいっぱい書かないから」

「いっぱい書いたらいいじゃないか。お父さん、手伝ってやるぞ」

「いいんだってば。宿題だから、自分でやるの」

「そうか？」

お父さんは、ちょっと残念そうにビールを飲んだ。

「ああ、そういえば、学校で日本人に会ったわよ。お父さんの会社と取引のある会社の人なんですって。保坂《ほさか》さんていうの。キンダーガーテン（幼稚部）とグレード2《ツー》の男の子がいるのよ。明日、学校に子どもたちを送ったあと、お茶する約束をしたから、保坂さんに英語の宿題、どうしてるか聞いてみるわ」

「おお、そうか。幸太と年も近いし、仲良くなれたらいいな」

それから、晩ごはんの間中、お母さんは、保坂さんのことを話していた。保坂さんは、カナダに来て一年半なんだそうだ。学校のわからないことなんかを聞けるから心強いってお母さんは言ってたけど、日本語で思いっきり話ができるからうれしいんだと思う。

晩ごはんを食べ終わると、わたしは、辞書を引いたり、インターネットで調べたりしながら、「オール・アバウト・ミー」の作文を書いた。

作文っていっても、たった三行だけだけど。

All about me

Aoi Suzuki

I am Japanese.

I came to Canada last month.

I can't speak English.

（わたしの全《すべ》て

鈴木あおい

わたしは、日本人です。

先月、カナダに来ました。

わたしは、英語が話せません）

次の日、これを提出したら、ミセス・マケンジーは、

『Did you do this yourself? Good for you!（これ、あなたが一人で書いたの？　すごいじゃない！）』

と言って、ほめてくれた。でも、そのあと、

『This is good, but（これはこれでいいんだけど）＊＊＊＊＊＊＊＊＊＊＊＊＊＊＊＊＊＊＊＊＊＊＊＊＊＊＊＊＊＊』

と、なにかつけ足した。

ミセス・マケンジーは、ゆっくり、はっきりしゃべってくれた。それでも、あまりなにを言ってるのかわからなかったけど、両手でハートマークを作って、「likes（好きなもの）」と言ったし、両手をいっぱいに広げて、すっごい笑顔《えがお》で、「fun（楽しい）」と言っていた。「Japanese schools（日本の学校）」のこともなにか言っていた。

たぶん、三行じゃ短いから、好きなものとか、楽しいと思うこととか、日本の学校のことも書いてきなさいと言ったんじゃないかな。

『オーケー（わかりました）』

オーケーとは言ったものの、なかなか難《むずか》しいことを注文されたと思った。

英語で書くのももちろん大変だけど、その前に、わたしの好きなものとか、楽しいことを考えることのほうが大変だ。

こうだったらいいなあ、こうだったらおもしろいのになあって、考えてる時が一番楽しいんだけど、そんなことを書いたら、また変な子だと思われる。

その日の夜、お父さんに手伝ってもらいながら、言われたことを書き足した。

All about me

Aoi Suzuki

I am Japanese.
I came to Canada last month.
I can't speak English.
The Japanese school year starts in April. I've just started grade 5 in April when I was in Japan. But, when I came to Canada, I suddenly became a grade 6.
I like to read books.

（わたしの全て

鈴木あおい

わたしは、日本人です。
先月、カナダに来ました。

わたしは、英語が話せません。

日本では、四月から新年度が始まります。わたしは、この四月に五年生になったばかりでしたが、カナダに来たら六年生になりました。

わたしは、本を読むことが好きです）

これでいいだろうと思って、次の日に書きなおしたものを持っていったら、また、ミセス・マケンジーに、もっと書いてくるように言われた。

やっぱり、なにを言ってるのか、よくわからなかったけど、たぶん、ミセス・マケンジーは、五年生から六年生になって、どう思ったのかとか、どんな本を読むのか、ということも書くように言ったんだと思う。

その夜、今度は、お母さんに手伝ってもらった。

All about me

Aoi Suzuki

I am Japanese.
I came to Canada last month.
I can't speak English.
The Japanese school year starts in April. I've just started grade 5 in April when I was in Japan. But, when I came to Canada, I suddenly became a grade 6. When I heard I would become a grade 6 student, I was scared. I wanted to start from Kindergarten.

（わたしの全て

鈴木あおい

わたしは、日本人です。

先月、カナダに来ました。

わたしは、英語が話せません。

日本では、四月から新年度が始まります。わたしは、この四月に五年生になったばかりでしたが、カナダに来たら六年生になりました。六年生になると聞いた時、こわいと思い

ました。本当は、幼稚園からやりたかったくらいです)

本を読むのが好きというところは消した。本を読むことが好きというよりも、行ったことないところに行けたり、会ったことない人に会えたり、そういう本の中の世界が好きだから。でも、それを英語で言うのって、難しいもん。

金曜日は、わたしだけじゃなくて、クラスの子みんなが作文を持ってきたから、ミセス・マケンジーはわたしの作文を読む時間がなかったみたい。直してきてとは言われなかった。

土曜日は、朝五時半に起こされた。

「いやだあ!」

幸太は、ねむいところに朝ごはんを無理やり食べさせられて泣いている。

「仕方がないのよ。今食べておかないと、十二時までなにも食べられないんだから」

そう言うお母さんも、ねむたそうだ。わたしは、ねむたすぎて、泣く元気もないや。

半分、ねむったまま出かける準備をして、タウンハウスのとなりにあるショッピングプラザまで歩いた。

ショッピングプラザの銀行の前で、補習校《ほしゅうこう》に行くバスを待っている人たちが、集まって話をしていた。みんな日本人だ。幸太は、保坂さんのところの陸君《りく》と海君《かい》を見つけてかけよっていった。陸君たちを見たら、きげんがなおったみたい。

「この町に、こんなに日本人がいたんだね」

「うちの学校とはちがう学区に、保坂さんのご主人の会社の社宅があるからね。でも、保坂さんがカナダに来た時だけ社宅の空きがなかったらしいのよ。だから、うちの学区のコンド（マンション）に住んでるんだって。でも、おかげで、うちは助かったわ」

お母さんは、そう言って、保坂さんのところへ歩いていった。

保坂さんが、お母さんを他のお母さんたちに紹介する。わたしも一緒に紹介された。わたしたちの紹介が終わると、今度は、そこにいた人たちの紹介が始まる。

男の子は、幸太と陸君と海君の三人だけで、あとは、わたしを入れて女の子が九人。でも、みんな小学校低学年とか中学年で、わたしと同じ年ごろの子はいない。わたしくらいの年になると、塾《じゅく》だとか、中学受験だとかいろいろあるから、お父さんが単身赴任《ふにん》することが多いんだそうだ。

「あ、バスが来た」

だれかが、駐車場に入ってくる黄色いスクールバスに気がついて言った。

バスは、わたしたちが待っている銀行の前の駐車場にとまった。

そして、プシューッとドアが開くと、白髪《しらが》の赤い顔をした運転手さんが、

『Good morning! How are you?（おはよう！　調子はどう？）』

と陽気に言った。

『グッド、サンキュー（いいですよ、ありがとう）』

ちょうどドアの前に立っていた保坂さんが答える。

「じゃあね、行ってらっしゃい」

「ほら、ふざけてないで早く乗りなさい」

お母さんたちが、子どもたちをバスの中に送り込む。

「行ってきまーす」

みんな慣れた感じでバスに乗っていく。

小さい子たちがバスに乗るのを見届《みとど》けて、最後にわたしもバスに乗る。

「じゃあ、また学校でね」

「うん」

今日は、わたしと幸太にとって初めての補習校だから、お母さんもお父さんも、あとから車で学校まで来ることになっている。

一緒にバスに乗ったらいいと思うんだけど、先生にあいさつをしたあとは、この町にはないアジア系のスーパーマーケットで、日本の食材を買いたいから、車のほうが都合がいいんだそうだ。

全員が座席《ざせき》に座ったのを確認すると、運転手さんは、

『Off we go!（さあ、出発だ！）』

と言って、バスを発車させた。

バスの中で、幸太は陸君や海君と、ずっとしゃべってた。わたしは、ねむいはずなんだから寝たらよかったんだけど、緊張のせいか、座り心地の悪いいすのせいか、どうしてもねむれずに、窓《まど》の外の景色をぼーっと見ていた。

バスは、途中、高速道路をおりて、大きな町によった。そこでも日本人の子どもたちをいっぱい乗せると、また高速道路にもどっていった。バスの中には、ハーフの子もいたけど、ほとんど日本人で、みんな日本語をしゃべっている。ここだけ見てると日本みたい

だ。

バスは、トロントに入ると、すぐに高速道路をおりた。しばらく住宅街を行ったあと、ふつうの学校の前にとまった。わたしたちのバスの前にも、何台もバスがとまっていて、バスの降り場《おば》に着くまで、しばらく待たなくてはいけなかった。補習校というのは、塾みたいな感じで、どこかのビルの何階かを借りて学校にしていると思っていたから、ちょっと、びっくりした。

バスを降りると、お父さんとお母さんが待っていた。

「お疲《つか》れさん。初めてのスクールバスは、どうだった？」

「シートベルトがないから、こわかった。それで、どこに行けばいいの？」

「待合室で待ってるように言われたわ」

わたしと幸太は、お母さんたちと一緒に、事務室の横の待合室で待っていたら、白髪交じりの眼鏡の男の人が、「鈴木《すずき》あおいさん」と言って、入ってきた。

「五年一組の担任《たんにん》の佐藤《さとう》です」

五年一組だって。わたしは、五年生にもどったんだ。やっぱり「五年生」のほうが「グレード6《シックス》」よりも、落ち着く。補習校では、今日から五年生の二学期が始まるわけだから、みんなは一学期から同じクラスで、わたしは転入生ということになる。なんか、ややこしい。

それから、幸太の担任の先生もやってきた。

お父さんとお母さんは、呼びに来た先生たちとあいさつをしたあと、

「じゃあ、がんばってな」

「しっかり、日本語、勉強してきてね」

と言って、帰っていった。

お父さんたちが帰ってしまって、ちょっと心細くなったけど、日本語が通じるんだから、現地校《げんちこう》に比《くら》べたら、まだましだと思う。

佐藤先生のあとについて、五年一組の教室に行った。

教室で朝の会をしたあと、始業式に出るために、体育館に移動《いどう》した。

始業式で、校長先生が、この学校にはオンタリオ州全体から生徒が来ていて、全校生徒は五百人います、と話すのを聞いて、それはビルなんかじゃ足りないなあと思った。

始業式もあったし、校長先生もいるし、担任の先生もいるし、校歌もあるし、補習校は日本の学校みたいだった。

始業式のあと、短縮《たんしゅく》だったけど、初日から授業があった。日本の学校の一週間分の授業を、補習校では土曜日だけでやらなくちゃいけないからだ。もちろん、土曜日だけで、全部の授業をできるわけないから、できない分は全部宿題になる。いっぱいもらった宿題は、全部やって来週の土曜日に持っていかなくちゃいけない。

補習校は、宿題がなければ、わりと楽しいところだった。なにより、日本語で話せることが、一番うれしかった。同じクラスになった女の子たちと、もっと話したかったけど、みんな家が遠いから、それができない。週に一回、補習校でしか会えないのが残念だった。

帰りのバスでは、みんな疲れていたらしく、ほとんどの子が寝ていた。

明日は、日曜日。学校が始まって最初の一週間が、やっと終わる。

図書室の八角形の建物をぐるっとまわって校庭に出る。そこで、お母さんと幸太にバイバイしてから、バスケットコートのわきを通り、グレード6の生徒が集まっている玄関に向かう。

毎朝、お母さんと一緒に登校するなんて変な感じだけど、ここでは登校班《とうこうはん》とかないから、高学年になるまでは、学校の送りむかえは保護者《ほごしゃ》がすることになってる。毎日車で送りむかえしてもらえるなんて、楽でいい。

冬みたいに寒かったのは、先週だけだった。もしかしたら、カナダの大地の精霊《せいれい》かなにかが、日本から来た女の子に見くびられたらいけないと思って、ふだんよりもがんばって寒くしたのかもしれない。そんなことしなくても、全然見くびってなんかいなかったのにな。

チャイムが鳴ると、玄関の前にクラスごとにならぶ。先生が、玄関のドアを開けて、生徒を校舎の中にまねき入れるまで、そのまま外でならんで待ってなくちゃいけない。日本だったら、チャイムが鳴った時には、教室で席に着いていないといけないんだけど。

日本の学校とカナダの学校って、全然ちがうから戸惑《とまど》うことばかりだ。カナダの学校は、お菓子を持ってきてもいいし、おもちゃやスマートホンを持ってきてもいい。教科書もないし、時間割《じかんわ》りもない。宿題は、初日にオール・アバウト・ミーの作文があっただけで、あとは、本を読んでくることと、授業中に終わらなかった課題を家でやってくることくらいだ。

教室に入って席に着くと、アナウンスがかかって、「オー・カナダ」が流れる。

カナダでは、授業が始まる前に、毎朝、国歌を歌う。二日目にもらった連絡帳《れんらくちょう》の一番最初のページに、「オー・カナダ」の歌詞《かし》をカタカナで書いた。それを見ながら、わたしも「オー・カナダ」をみんなと一緒に歌う。

学校は、二週目に入ったけど、全然慣れない。お母さんが「すぐに慣れる」って言ってたけど、うそばっかりだ。英語がよくわからないから、算数以外は、ちんぷんかんぷんで、なんの授業をしてるのかもわからないことがある。でも、ミセス・マケンジーとアディソンの言ってることだけは、なんとなくわかるから不思議だ。絶対《ぜったい》にあのあめが関係してると思う。

カナダの公用語は、英語の他にフランス語もあるから、フランス語の授業が毎日ある。フランス語の授業の時には、ジュディというボランティアの人が来てくれて、わたしだけ教室のすみで、小さい子向けの絵本のような教本を広げて勉強する。

本当は、ESL《イーエスエル》（English as a Second Language：英語が母国語でない人のための英語）の先生が、ちゃんといるらしいんだけど、この辺りの高校と小学校の全部を一人でまわらなくちゃいけないらしくて、わたしは、まだその先生に会ったことがない。最近は、難民《なんみん》も多いから、ESLが必要な子どもは増えてるのに、ESLの先生は、そんなにすぐに増やせなくて、全然足りないんだそうだ。大体、こういう情報《じょうほう》は、お母さんが保坂さんから聞いてくる。

お母さんは、もうすっかり保坂さんと友達になってしまった。お母さんだけじゃなくて、幸太も、保坂さんのところの陸君と海君と大の仲良しになってしまって、ちょっとうらやましい。わたしだけ友達がいなくて、取り残されたような気持ちになる。

ジャスティンとその仲間以外のクラスメイトは、みんなそれなりに接《せっ》してくれる。でも、友達とはいえないと思う。友達っていうのは、絵里ちゃんみたいに、くだらないことをしゃべって、そのくだらないことを一緒におもしろいって笑えるような関係のことをいうんだと思うから。

そうやって考えたら、五年生になって絵里ちゃんとちがうクラスになってからは、わたしには友達がいなかったのかもしれない。もちろん、絵里ちゃんとは、まだ友達だったし、今も友達だと思ってるけど、四年生の時みたいに、いつも一緒にしゃべったり、遊んだり、そういうのとはちょっとちがうから。

アディソンは仲良くしてくれるけど、グレイスとエマとアディソンの三人でしゃべりだすと、全然、話についていけない。わたしは三人がなにを言ってるのかわからないから、ランチのあとの休み時間は、一人でぶらぶらするようになった。

日本の五年生になってからの休み時間は、教室で絵をかいたり、図書室で本を読んだりしていた。でも、カナダの休み時間は、雨がふっていたり、特別な用事があったりしないかぎり、みんな校庭に出なくてはいけない。図書室は、音楽の時間に音楽室に移動するように、図書の時間に移動して使うだけだということがわかった。図書の時間といっても、コンピューターで勉強したり、本を借りたりするだけで、読書をするわけじゃない。あんなに素敵な図書室なのに、自由に本も読めないなんてもったいないないと思うんだけどな。

休み時間に、やりたいこともないし、友達もいないのに、校庭に放り出されて、どうしたらいいかわからない。校舎の壁にもたれてぼーっとしていたら、同じクラスのジョシュが、フォースクエアっていうゲームをやらないかって、声をかけてくれた。ルールがわからないから、まずは見てることにした。

フォースクエアは、飛んでくるボールを順番に素手で打っていくゲームだった。自分のところに飛んできたボールは、ノーバウンドかワンバウンドで、次の人に送らなくてはいけない。最初のうちは、仲良く遊んでいたけれど、そのうち、となりのクラスの緑のモヒカン頭の子が、わざと低くボールを打って、次の子が絶対にワンバウンドで打てないようにし始めたから、ジョシュとけんかになった。ミセス・エンズがやってきて、ジョシュと緑のモヒカン頭の子は、校長室に連れていかれた。

カナダでは、けんかをしたり、なにか問題を起こしたりすると、校長室に連れていかれるらしかった。校長室ということは、校長先生にお説教されるんだろうなあ。

そういえば、最初の日にアディソンとけんかをしたジャスティンは、その日は、ずっともどってこなかった。あれは、反省するまで教室にもどさないということだったのかもしれない。ジャスティンが全然反省しないから、教室にもどせなかったんじゃないかなあ。

あんなことがあったあとも、ジャスティンは、なにかにつけてわたしにケチをつけてきて、全然、反省してる感じはない。初めのうちは、わたし、なにかジャスティンの気にさわるようなことをしたかなあって考えてた。でも、ジャスティンが、カティークのインドなまりの英語をまねして笑ってるのを見てから、ジャスティンのことは知らんぷりをすることにした。ジャスティンは、とにかく、外国人をコケにしたいんだと思う。ラッキーなことに、わたしはジャスティンがなにを言ってるのかよくわからないから、無視《むし》するのは簡単だった。

じっと立ったままでいたら寒くなってきたから、休み時間が終わるまで歩き回ることにした。下を見ながらぶらぶら歩いていたら、黄色いチョークを見つけた。チョークを拾ってアスファルトのところまで行く。自分のかげをチョークでふち取った。しゃがんだわたしのかげって、だるまみたい。だるまに目と口をかく。寒そうだから、ぼうしをかぶせてあげようっと。

だるまにぼうしをかいていたら、だるまのかげが消えた。

『What are you doing?（なにやってるの？）』

アディソン、グレイス、エマの三人のかげが、だるまのかげをおおっている。

『アイ・アム・ドロウイング（絵をかいてる）』

『What is this?（これなに？）』

「だるま」

だるまってなに？　って聞かれたら、説明できないなあと思っていたけど、グレイスとエマは『OK.（わかった）』と言って、行ってしまった。

アディソンだけ、わたしの横にかがんで、なにも言わずにわたしのだるまをじっと見ていた。

『Can I use the chalk?（チョーク貸《か》してくれる？）』

チョークをわたすと、アディソンは、だるまに手と足をかいて、にっと笑った。だるまには、手も足もないんだけどな。

ピピピピピピピピッ。

やっとチャイムが鳴った。

九月の半ばに、「ミート・ザ・ティーチャー・ナイト」というのがあった。

保護者が学校に行って、子どもたちの教室の様子を見たり、担任の先生に、「うちの子、どんな感じでやってますか？」と軽い話をする顔合わせのようなものだ。

保護者が仕事が終わってから参加できるように、五時半から七時半までの間に開かれる。晩ごはんの心配をしなくてもいいように、注文しておけば学校の体育館でピザが食べられたのに、うちはピザを注文しなかった。「ピザよりも、お母さんのカレーのほうがいいだろう？」とお父さんは言ったけれど、幸太は、「マックスたちと一緒にピザが食べたかったのに」と、すねていた。

五時半ちょうどに、家族みんなで幸太の教室に行った。

ミズ・グラバーは、はきはきした先生だった。お父さんたちがミズ・グラバーと話している間、わたしは、グレード1《ワン》の教室をぐるっと見わたした。レゴブロックやパズルがいっぱいある。ぬいぐるみや人形劇の舞台《ぶたい》なんかもあった。低い机が、先生のほうを見るんじゃなくて、四つずつくっついてグループになっている。小学校の教室というよりは、幼稚園の教室みたいだった。

『Kota is getting along with the others very well. He does need to focus on being more organized.（幸太はよくやってますよ。お友達とも上手に遊んでいます。もう少し、お片づけや整とんができたらいいですね）』

他の家族が教室に入ってきた。ミズ・グラバーが、ちらっとそっちに目をやったので、幸太もそっちを見た。

「マックス！」

『Kota!（コータ！）』

幸太は、口の周りがピザソースで赤くなってるマックスと抱き合った。二人で、なにかこそこそしゃべって、くすくす笑っている。

『They've become really good friends. If you have any other questions or concerns, here is my contact information.（この子たち、本当に仲が良《い》いんですよ。それじゃあ、

なにかあったら、ここに連絡してくださいね)』

『サンキュー・フォー・シーイング・アス(どうもありがとうございました)』

『バーイ、ミズ・グラバー(さようなら、グラバー先生)』

幸太の教室を出ると、お父さんがすぐに、

「幸太、すごいな」

と言った。お母さんもにこにこ顔で、

「お友達と上手に遊んでるって。お母さん、聞いててうれしくなったわ」

と続ける。それを聞いて、わたしは、ちょっとやばいなあと思った。

「次は、あおいだな」

「あおいの教室はどこ?」

わたしは、下を見たまま、お父さんたちを教室に案内した。

教室に入ると、アディソンがいた。アディソンのお母さんが、ミセス・マケンジーと話している。アディソンはわたしを見て、小さく手をふった。わたしも手をふり返す。

ミセス・マケンジーとアディソンのお母さんとの話が終わるまで、わたしは教室の中を案内した。

「これが、わたしの机で、これが学級文庫で、これがパソコン。このパソコンで、いつもわからない単語を調べるから、ちょっとわたし専用《せんよう》のパソコンみたいになっちゃってる」

後ろの壁に、オール・アバウト・ミーの作文と、そのとなりにそれぞれの自画像が張り出されていた。

「これ、この間、書いたやつね」

「うん」

「これ、あの子よね、すぐにわかった。すごく上手」

お母さんは、アディソンのかいた自画像と、アディソンの顔を見比べて言った。髪の色だけでもアディソンだとわかるけど、強い意志《いし》を持ったようなしっかりとした青い目が、アディソンそのものだ。

「あ、この子、アイスホッケーやってるんだって。こっちの子もだ。さすが、カナダだな」

「ねえ、この子の苗字《みょうじ》、タートル（カメ）だって。おもしろいわね」

「ほんとだ。リズ・タートルか。この子、たぶん、ファースト・ネーションの子なんじゃないかな。ファースト・ネーションの苗字って、ベア（クマ）とかスネーク（ヘビ）とか、動物の名前が多いみたいだから」

「ファースト・ネーションてなに？」

「先住民族のことよ」

「ふうん」

リズって、ファースト・ネーションなんだ。肌の色が茶色いけど、日本人にもあんな感じの顔の子っているから、アジア系なんだと思ってた。

お父さんとお母さんが、みんなの書いたオール・アバウト・ミーを読んでいたら、ミセス・マケンジーが、アディソンのお母さんとの話を終えてやってきた。

『Hello!（こんにちは！）』

『ハーイ、ナイス・トゥ・ミーチュー。アイ・アム・ヤスシ、アオイズ・ファーザー、アンド、ディス・イズ・キョウコ、アオイズ・マザー（初めまして、あおいの父の康史《やすし》と母の京子《きょうこ》です）』

『I'm Anne Mackenzie. Nice to meet you.（アン・マケンジーです。初めまして）』

『ハウ・イズ・アオイ・ドゥーイング？（あおいはどうですか？）』

『She is doing well. She has made a few friends.（よくやってますよ。友達も何人かでき

ましたしね)』

『オー、グッド・トゥ・ヒヤ・ザット(そうですか、うれしいです)』

『But, she needs to come out of her shell.(でも、彼女《かのじょ》は自分のからをやぶる必要があります)』

『ワット・ドゥー・ユー・ミーン?(どういうことですか?)』

『She needs to push herself.(彼女は、もうちょっとがんばる必要があります)✶✶✶✶✶✶✶✶✶✶✶✶✶✶✶✶』

ミセス・マケンジーは、時々、わたしの顔を見て話していたけど、言ってることはよくわからなかった。

でも、晩ごはんのカレーを食べてる時に、お母さんとお父さんの二人から、どうして学校であまりしゃべらないのかと聞かれたから、ミセス・マケンジーがお父さんとお母さんになにを話していたのか、だいたい、想像がついた。

「英語が下手だから、あんまり話したくないの?」

「うん。わたしの下手な英語で、みんなをこまらせたくないっていうか、授業の流れを止めたくないの。なんか悪いでしょ」

これも本当だけど、ジャスティンがわたしの英語をからかうからっていうこともある。

「ぼく、英語上手にしゃべれないし、時々、日本語で話しちゃうけど、みんな、べつにこまってないよ」

幸太が、なんにも考えてない顔で言った。

「あのねえ、グレード1とグレード6じゃ、全然ちがうの」

「グレード1でも、グレード6でも変わらないだろう。みんなをこまらせてもいいじゃないか」

「いやだよ。どうせ、わたしの考えなんかたいしたことじゃないんだし」

「みんなの考えだって、たいしたことないかもしれないわよ」

「みんなはいいの。たいしたこと言ってなくても、ふつうの英語だから」

「お父さんは、ふつうの英語でも、下手な英語でも、ちがいはないと思うけどな。言ってる内容《ないよう》のほうが大事だろう？」

「みんながなにを言ってるのかよくわからないし、わかったって、思ったことをそのまま言えないんだから、内容のあることなんて言えるわけないよ」

それに、グレード6のクラスメイトのこまったような顔が、五年二組のクラスメイトの

「なんか、この子、気持ち悪い」って言ってる顔とダブっていやなんだ。

それ以上、学校でしゃべらないことを、あれこれ言われるのがいやだったから、急いでカレーを食べ終えて、すぐに二階の自分の部屋に行った。

「ミート・ザ・ティーチャー・ナイト」の翌日《よくじつ》、来週の金曜日は、スーパーヒーローデーです、というアナウンスがあった。

幸太は、

「ぼくスーパーヒーローデーには、スパイダーマンになるんだ！」

と、むかえに来たお母さんに言うと、すべり台の所へ行ってしまった。

お母さんが首をかしげていたら、キンダーガーテンの玄関から海君を連れた保坂さんがやってきた。

「こんにちは」

「こんにちは。来週はスーパーヒーローデーがあるんですよね。スーパーヒーローデーってなんですか？」

「昔、骨《ほね》の癌《がん》で右足をなくしたテリー・フォックスという人が、癌の研究資金《しきん》を集めるために、カナダを走って横断することにしたの。結局、彼は走り切る前に癌が肺《はい》に転移して亡《な》くなったんだけど、彼の遺志《いし》を継《つ》いで、毎年、この時期にテリー・フォックス・ランというイベントが開かれるようになったのよ。みんなで走って、募金《ぼきん》をするのね。学校では、彼こそが、本物のスーパーヒーローだってことで、スーパーヒーローの格好をして走るってことになってるみたい。バットマンでよければ、去年、陸が着たコスチュームがあるから、貸してあげるわよ」

幸太は、「スパイダーマンがいい」って、怒るかと思ったけど、初めて着るコスチュームがうれしかったみたいで、バットマンでも文句は言わなかった。それどころか、

「スパイダーマンはマントがないけど、バットマンはマントがあるからね。ほら、見て」

と、マントをひるがえしながら家の中を走り回って、お父さんに怒られていた。

スーパーヒーローデーの朝、学校に行ったら、キンダーガーテンとプライマリー（グレード1《ワン》、2《ツー》、3《スリー》の低学年）の玄関の辺りは、仮装《かそう》行列のようだった。スパイダーマンが人気みたいで、あっちにもこっちにもスパイダーマンの格好をした子がいた。女の子は、プリンセスの格好をしている子が多かった。それ、スーパーヒーローじゃないじゃん、と思ったけど、悪者のダース・ベイダーの格好をしてる子もいたし、もう、なんでもいいみ

たいだった。

ジュニア（グレード4《フォー》、5《ファイブ》、6《シックス》の中学年）になると、スーパーヒーローの格好をしている子は、あまりいなかった。お母さんは、最初からわたし用のスーパーヒーローのコスチュームを買う気なんてなかったし、わたしも、コスチュームを着て学校に行くなんて、なんか恥《は》ずかしかったから、ふつうの格好で行ったんだけど、それでよかったと思った。

セカンドブレイク（二回目の休み時間）のあと、全校生徒がグラウンドに出て走った。走る前に、一人一枚《まい》、カードをもらっていて、グラウンドを一周するごとにパンチでカードに穴《あな》を開けられた。どれだけ速く走るかってことじゃなくて、時間内にどれだけいっぱい走れるかってことみたいだった。最後まで走らなくちゃいけないからと思って、ゆっくり走っていたら五個《こ》しか穴が開かなかった。幸太でさえ六個穴が開いてたのに。

それにしても、テリー・フォックス・ランは、グラウンドをぐるぐる回るだけで、あんまりおもしろくなかった。なんか、スーパーヒーローデーと一緒にする意味がわかった。コスチュームを着て走ったほうが、絶対に楽しいと思うもん。

九月の終わりが近づいたころ、学校のろうかに、インターメディエイト（グレード7《セブン》、

8《エイト》の高学年）の生徒が書いたポスターが張られた。

“Remember to wear Orange ……Orange Shirt Day Sept. 30 ~Every Child Matters”

オレンジシャツデーって書いてあるけど、なんだろう。

そう思っていたら、その週に、授業でオレンジシャツデーのことをやった。

『Tomorrow is Orange Shirt Day. Can anyone tell me why we have Orange Shirt Day?（明日は、オレンジシャツデーです。どうしてオレンジシャツデーがあるのか、わかる人いますか？）』

ミセス・マケンジーが、そう言うと、いつもは大人しいリズが、自分から手をあげて、オレンジシャツデーのことをクラスのみんなに説明し始めた。

リズがなにを言っているのか、よくわからなかった。でも、リズが一生懸命《いっしょうけんめい》説明してる姿は、とてもかっこよかった。

リズの説明が終わったあと、みんなで意見を言った。

わたしは、オレンジシャツデーがなんなのかもわからないし、みんながどんなことを言ってるのかもわからないから、だまってみんなのやりとりを聞いていた。

そうしたら、ミセス・マケンジーに、

『How about you, Aoi? What does Orange Shirt Day mean to you?（アオイはどう？オレンジシャツデーは、あなたにとってどんな意味があるかしら？）』

と、聞かれた。

心臓が跳《は》ね上《あ》がる。

『アイ・ドント・ノウ（わかりません）』

そう言うのが、精いっぱいだった。それで終わってくれたらいいのに、ミセス・マケンジーは、

『What is it that you don't know?（なにがわからないの？）』

と続けた。

『エブリシング（全部）』

ジャスティンが大笑いした。わたしは、恥ずかしくなって下を向いた。

ミセス・マケンジーは、ジャスティンに笑わないように注意をした後、

『Is there anything you can tell us about this event?（なにかこのイベントについて話せることはある？）』

と、また聞いた。

怒られてるわけじゃない。責《せ》められてもいない。ミセス・マケンジーは、あなたの意見を聞かせてって感じで、優しい顔でわたしのことを見てる。でも、ジャスティンに笑われたし、ここからすぐにでも逃《に》げ出《だ》したい気分だ。それなのに、ミセス・マケンジーは、じっとわたしを見て、逃がしてくれない。

「ええと、あの、リズが……」

『Liz, right. What does Orange Shirt Day have to do with Liz?（リズ、そうね。オレンジシャツデーとリズは、どんな関係があるの？）』

わたしは、深呼吸をして、知ってる単語をつっかえながらならべた。

『リズ、ウォント、ノウ、オレンジシャツデー、エブリバディー（リズは、みんなにオレンジシャツデーのことをわかってほしい）』

そう言ったら、ミセス・マケンジーが大きな声で、

『Correct! I think you got it!（正解《せいかい》！　よくできたわ！）』

と言ったから、びっくりした。

リズは、なにも言わなかったけれど、うれしそうにわたしのことを見ていた。

『OK, everyone! So if you have an Orange Shirt, please wear it to class tomorrow and, this evening, please share your thoughts on Orange Shirt Day with your families at home.（では、みなさん！　明日はオレンジシャツデーなので、オレンジ色のシャツを持ってる人は、着てきてください。そして今夜家でも、おうちの人と、オレンジシャツデーについて話し合ってください）』

授業が終わり、校庭に出て、図書室のとなりにある玄関に行く。

お母さんが、その玄関の前で、幸太が出てくるのを待っていた。

「お母さん」

「ああ、あおい、学校どうだった？」

お母さんは、いつも「学校、どうだった？」と聞くけれど、これ、すっごくこまる。なにがどうって言えばいいの？　一日の中でも、いい時も悪い時もあるのに。

「べつに、ふつう。それよりさ、明日は、オレンジシャツデーだから、オレンジのシャツを着るんだって」

「オレンジシャツデーってなに？」

「よくわからないけど、とにかく、明日はオレンジ色のシャツを着る日なの」

「オレンジ色のシャツなんて持ってないでしょ」

「うん、べつに、持ってない人は着なくてもいいの。オレンジシャツを持ってる人だけ」

「ふうん」

ミズ・グラバーが玄関のドアを開けた。先生は、いち早く玄関のドアから外に出ようとする子どもたちを抑《おさ》えながら、一人一人、保護者がむかえに来てるかを確認する。

幸太の番が来たので、お母さんが手をあげると、先生もうなずいて、幸太をお母さんのところへ行かせた。

「お母さん！　明日は、オレンジシャツデーだから、オレンジ色のシャツを着るんだよ」

幸太は、お母さんのところにかけよると、一番に言った。

「だから、オレンジシャツデーってなんなのよ」

「オレンジのシャツを取られちゃったの。今日、絵本を読んだんだよ」

幸太の説明は、やっぱり意味がわからない。くわしいことは、いつも保坂さんに聞くことになる。

「オレンジシャツデーってね、ファースト・ネーションの子どもが、おばあちゃんからもらった新しいオレンジ色のシャツを、レジデンシャル・スクールの初日に着ていったんだけど、取り上げられて、返してもらえなかったんだって。それで、そのことを忘れてはいけないからってことで、オレンジシャツデーっていうのができたみたいよ」

そう、保坂さんが説明してくれたけど、レジデンシャル・スクールとか、よくわからなかったから、家に帰って、お母さんと一緒にインターネットで検索した。

「レジデンシャル・スクールっていうのは、キリスト教の全寮制《ぜんりょうせい》の学校で、ファースト・ネーションの子どもたちは、学校にあがる年齢《ねんれい》になると、無理やり親元から引《ひ》き離《はな》されて、そこに入れられたんだって。そこで、白人社会の言葉とか風習とかを身につけさせられたんだってさ。幸太よりも小さいような子どもがお母さんのところから引き離されるのよ。心細かっただろうね。かわいそうに、虐待《ぎゃくたい》された子も、自殺しちゃった子も、いっぱいいるんだって」

わたし、学校で、言葉がわからなくて、自分の居場所がないような感じがしてるけど、学校が終われば、家族のいる家に帰って日本語をしゃべることができるし、学校ではサンドイッチを食べてるけど、家ではごはんとお味噌汁《みそしる》を毎日食べてる。

自分の好きなものを食べられなくて、お母さんにもお父さんにも会えなくて、おばあちゃんからもらったオレンジ色のシャツも取り上げられちゃって、その子、すごくこわかっただろうな。

「それにしても、これ、昔のことかと思ったら、最後のレジデンシャル・スクールが閉校《へいこう》になったのが、一九九六年ですって。お母さんが生まれたずっとあとのことよ。信じられない」

お母さんは、コンピューターのスクリーンを見ながら怒ってた。それから、急に、

「さあ、行くわよ」

と言って、いすから立ち上がった。

「どこに行くの？」

「ウォルマート！　オレンジ色のシャツを買いに行くの」

「だから、オレンジ色のシャツ、持ってない人は着なくてもいいんだってば」

「でも、着たほうがいいじゃない。ほら、幸太、出かけるからテレビ消しなさい」

お母さんは、車の鍵を手に取りながら、幸太に言った。

ウォルマートでは、いろんな色のシャツが四ドルで売られていた。オレンジ色のシャツもあったけど、お母さんは、他になにか探しているみたいだった。

「このシャツ買うんじゃないの？」

「うん。エブリ・チャイルド・マターズっていうロゴが入ったのがあったら、それを買お

うと思ったんだけど、ないみたいね」

そういえば、エブリ・チャイルド・マターズって、学校のろうかに張ってあったポスターにも書いてあった。

「エブリ・チャイルド・マターズってどういう意味？」

「すべての子どもは大切なんだよってことかな。オレンジのシャツを取り上げられた子がね、取り上げられた時に、自分の気持ちなんてだれも考えてくれないんだと感じたらしいのよ。自分は価値《かち》のない人間なんだと思ったんだって。だから、そんなことない、どんな子でも、みんな大事だよってことで、このエブリ・チャイルド・マターズっていうのが、オレンジシャツデーの合い言葉になってるの」

「ふうん」

「本当は、ロゴが入ったのがよかったけど、まあ、無地だと安いからね。お父さんとお母さんの分も買っていくわ」

お母さんは、そう言って、家族全員分のオレンジシャツを買った。

次の日の九月三十日、オレンジシャツデーに学校に行くと、思ったほどオレンジ色を着ている人はいなかった。もっと学校中がオレンジ色なのかと思ってたから、ちょっと、がっかりしたっていうか、なんか恥ずかしかった。家族全員がオレンジ色のシャツって、うちだけだったもん。

グレード6の玄関のほうへ歩いていたら、リズが、わたしがオレンジ色のシャツを着ているのを見て、走《はし》り寄《よ》ってきた。それから、『Thank you!（ありがとう！）』と言って、すっごい笑顔でハグ（抱《だ》きしめること）をした。わたしは、ハグなんて初めてされたから、びっくりして動けなかった。

わたしのクラスでは、わたしと、リズと、カティークの三人だけがオレンジ色の服を着ていた。でも、カティークは、ふだんからオレンジ色の服を着ていることが多いから、カティークをオレンジ色のシャツを着ている人の数に入れてもいいのかわからない。

オレンジ色のシャツは着ていなかったけど、アディソンは、髪の毛をオレンジ色に染めてきていて、びっくりした。アディソンに、なんで髪をオレンジ色に染めたのかって聞いたら、オレンジ色のシャツを持ってないからだって言った。髪の毛を染めるより、四ドルのシャツを買うほうが、簡単だと思うんだけどな。

他にもグレイスがオレンジ色の髪留《かみど》めをしていたり、エマがオレンジ色のブレスレットをしていたり、オレンジ色のリボンをバックパックに結んでいる子もいた。

みんな、わざわざシャツは買いに行かないけど、それなりに、オレンジシャツデーを応《おう》援《えん》しているんだと思った。

2 秋深まる十月

十月に入ると、夏の間、閉《し》まっていたアイスリンクがオープンして、アイスホッケーやスケートの本格的《ほんかくてき》なシーズンが始まる。

「先週からスケートに行ってるんだけど、幸太《こうた》君たちも一緒《いっしょ》に行かない？」

保坂《ほさか》さんにさそわれたので、わたしたちもスケートに行くことにした。週に二回、火曜日と木曜日の四時から四時五十分、シビックセンターのアイスリンクが無料開放されるんだそうだ。

「カナダでは、みんな自分のスケートぐつを持っているから貸《か》しスケートぐつはないのよ」

保坂さんにそう聞いて、お母さんと幸太と一緒にウォルマートにスケートぐつを買いに行った。

「そういえば、こういうのも買っておかなくちゃいけないわよね。いつ雪がふるかわからないんだから」

子ども服売り場の前を通ったら、スノーパンツやスノーブーツなんかが売られていたので、この際《さい》だからと、冬の装備《そうび》も一式そろえることにした。カートの中を見て、スケートじゃなくて、スキーに行くみたいだなと思った。

火曜日の午後、学校にむかえに来たお母さんの車に乗って、家に帰らずに直接《ちょくせつ》シビックセンターに行った。

シビックセンターは、わりときれいなところで、アイスホッケーができるスケートリンクが二つもあった。となりのリンクでは、キンダーガーテンくらいの小さな子たちがアイスホッケーの練習をしている。小さいのに、一丁前にプロの選手と同じような格好をしてすべってってかわいい。

となりのリンクを見ていたら、

「あおいちゃん、アイスホッケーやってみたい？　大きい子のチームとか、女の子のチームとかもあるよ」

と、保坂さんに言われた。

「スケートも三回くらいしかやったことないから、アイスホッケーなんてできないと思う」

「そうかなあ、やってみればいいのに」

「スケートができるようになってから考えてみます」

「この子、いつも考えすぎるのよね」

お母さんが、横からそんなことを言ってきたので、カチンときた。

お母さんは、考えなさすぎるんだと思う。すぐに慣《な》れるとか、なんとかなるとか、わけのわからない自信みたいなのがありすぎる。その変な自信は自分のことだけでいいのに、わたしのことまで、「なんとかなる、どうにかなる」でおし通そうとするんだから腹《はら》が立つ。それで、案外、なんとかなってしまうのも納得《なっとく》がいかない。わたしがいろいろ考えてることが、全部むだなことみたいなんだもん。

イライラしながらスケートぐつをはこうとしたけど、うまくひもが結べない。イライラした時は、ゆっくり息を吸《す》うんだっておばあちゃんが言ってた。三回深呼吸《しんこきゅう》をしたら、少し気持ちが落ち着いた。それから、ちょっと楽しいことを考えてみる。スケートぐつのひもを結びながら、オリンピック選手みたいにすーってすべれたら、かっこいいだろうなっ

て想像《そうぞう》した。コーナーのところを後ろ向きに、スカートをひらひらさせながらすべってい
くの。それで、リンクの真ん中まで行ったら、足を顔の横まで持ち上げてクルクルクルッ
て回ったりして。どこかで、フィギュアスケートのすごい人がわたしがクルクルすべるの
を見て、スカウトしに来るんだ。

スケートぐつがはけたので、ふわふわした気分でリンクに出た。すると、そのとたん
に、勢《いきお》いよく転んで、一気に現実《げんじつ》にもどされた。

「大丈夫《だいじょうぶ》？」

お母さんは、そう言いながら笑ってる。

わたしは、お母さんの差し出した手をふりはらって、リンクのふちまで氷の上をはって
いった。

「だから言ったじゃん。アイスホッケーなんて無理なんだってば。まずはスケート教室だ
よ」

「あおいが本当にスケートをやりたいなら、申《もう》し込《こ》んであげるわよ。でも、とりあえずは
慣れることよね。ほら、すべってれば、そのうち慣れてくるから」

幸太は、陸《りく》君と海《かい》君たちと一緒だからか、すぐにすべれるようになってしまった。お母

さんも保坂さんと、しゃべりながらすべってる。わたしは、壁《かべ》を伝いながらスケートリンクを一人で歩き続けるだけ。おもしろくもなんともない。もう、木曜日には来ない。

「なんでそんなにきげんが悪いのよ。上手にすべれないから？」

「ちがうもん」

「なんだかわからないけど、そういう態度《たいど》はやめなさいね。他の楽しく遊んでる人たちまで、いやな気分になっちゃうから」

そんなこと言われたって、「うん、わかった」なんて、きげんがいいふりなんか、できるわけない。

家に帰ってからも、ずーっとイライラしていたけど、晩《ばん》ごはんのあとに、ビデオチャットで、おばあちゃんの優《やさ》しい顔を見たら気分が落ち着いた。

おばあちゃんが、「もうすぐ誕生日《たんじょうび》だね。なにかほしいものある？」と聞いてくれたので、『モネの冒険《ぼうけん》』の五巻《かん》が出たから、それを送ってほしいとお願いした。

次の日から、毎日、郵便受《ゆうびんう》けをのぞいている。お母さんは、そんなすぐには着かないでしょうと言うけど、気持ちが抑《おさ》えられないんだ。

カナダの郵便は、手紙を家まで運んでくれない。鍵《かぎ》つきの小人のアパートみたいな郵便受けが通りに立っていて、そこまで取りに行かなくちゃいけない。

うちの郵便受けの番号は、1‐6。

鍵をまわして、ワクワクしながら小さなとびらを開ける。本当に小人が住んでたらおもしろいけど、とびらが開けられるたびに、かくれなくちゃいけないんだろうから、こんなところには住まないかな。

小人はもちろん、手紙も入ってなかった。そういえば、絵里《えり》ちゃんからも九月に一回手紙が来ただけで、それからあとは、全然来ない。わたしも、オール・アバウト・ミーの作文とか、補習校《ほしゅうこう》の宿題とかでいそがしくて、手紙もメールも出してないから、絵里ちゃんから手紙が来なくても文句《もんく》は言えないけど。

「こんにちは」

思いがけない日本語にふり向いたら、となりの家のおじさんが立っていた。

となりの家には、カナダ人のおじさんが二人で住んでいる。この人はいつも日本語であいさつしてくれるほうのおじさんだ。名前、なんだったっけ。あ、郵便、取りに来たんだよね。

「すみません」

郵便受けを開けるのにじゃまかなと思って、あわてて郵便受けの前からどくと、

「にほんじん、すぐにあやまるね」

と、おじさんは笑った。

郵便受けの鍵をまわす毛むくじゃらの腕《うで》が、T《ティー》シャツから出てる。寒くないのかな。

「がっこうどうですか？」

どうですかって、どうやって答えたらいいんだろう。ていうか、このおじさん、どうして日本語をしゃべれるんだろう。

じっと、おじさんの顔を見ていたら、おじさんは、わたしがおじさんのことをだれだかわかっていないと思ったのか、

「となりのいえのマイクです」

と、自己紹介《じこしょうかい》してくれた。だから、わたしも、

「となりの家のあおいです」

と自己紹介をした。

「いいなまえですね」

「ありがとうございます」

なんとなく、一緒に家まで帰ることになった。

しばらく、だまったまま一緒に歩いていたら、気まずいと思ったのか、マイクさんが、
急に、

「ぼく、にほんでえいごのせんせいしてました」

と言った。

「へえ、どこで？」

「いまばりのちゅうがっこう」

「そうですか」

いまばりってどこだっけ。これがわたしの知ってる場所だったら盛《も》り上《あ》がったのに、話が続かない。下を向いて歩いていたら、家の前のにとめてあったお母さんの車にぶつかりそうになった。

「あの、じゃあ、さようなら」

車をよけて、玄関ポーチの前の階段《かいだん》を上る。

「なにかこまったことがあったら、いつでもいってください」

マイクさんがにっこり笑って言った。

「こまったことって？」

「がっこうのしゅくだいとか」

ああ、宿題か。あんまり出ないけど。この間のオール・アバウト・ミーの作文の時にお願いできたらよかったな。

「じゃあ、次に宿題が出た時、お願いします」

「はい、わかりました。じゃあ、さようなら」

「さようなら」

玄関のドアを開けたら、やかんのホイッスルがピューッと勢いよく鳴っていた。お母さんが、キッチンに行って火を止める。

「まんが、とどいてた？」

「ううん。ねえ、となりのマイクさん、日本で英語の先生してたんだって」

「そうだってね。今は、となり町のカレッジで美術講師《びじゅつこうし》をしてるらしいよ。それで、もう一人の人はトニーさんっていって、看護師《かんごし》さんなんだって」

「へえ。マイクさん、兄弟で住んでるの？」

「あの人たち、兄弟じゃないわよ。それより、ほら、寒かったでしょう。お茶飲みなさい」

兄弟じゃないのに一緒に住んでるんだ。親戚《しんせき》とか？　それとも友達かなあ。友達と一緒に住むなんて、楽しいだろうなあ。

わたしは、お母さんにいれてもらった紅茶《こうちゃ》を飲みながら、絵里ちゃんと一緒に住んでいるところを思《おも》い浮《う》かべた。紅茶を飲んだら、絵里ちゃんにメールしよう。

学校に行く途中《とちゅう》にある大きなメープル（カエデ）の木の葉っぱは、もう、ほとんどが赤くなっている。すっかり葉っぱが落ちてしまった木もあった。リスが、緑の大きなボールみたいな実をいそがしそうに運んでいる。あれは、なんの実なんだろう。ハロウィーンが近いから、カボチャの他に、おばけのデコレーションをしている家もあったりして、車から窓《まど》の外を眺《なが》めるのが楽しい。

毎朝歌う、「オー・カナダ」は、歌詞《かし》を見ないで歌えるようになった。みんなの言ってることも、日本語に置きかえなくても、英語のまま直接頭に入ってくる感じで、ずいぶんわかるようになってきた。でも、ジャスティンの悪口が、前よりもわかるようになったのには、ちょっとこまってる。

『おい、おまえは、ハロウィーンに鳥の羽を頭にくっつけるんだろう？』

ランチが終わり、休み時間に外に行くため、くつをはきかえていたら、ジャスティンが、リズにそう言った。みんながぎょっとした顔でジャスティンを見る。

ジャスティンが、アーアーアーと大きな声を出して、ファースト・ネーションのダンスをまねする。先週、フィールド・トリップ（社会見学）で、ファースト・ネーションのお祭りを見に行ったから、ジャスティンの中で、ファースト・ネーションのダンスが流行《はや》ってるんだと思う。

同じまねをするのでも、かっこいいなと思ってまねするのと、ばかにしてまねするのって、全然ちがう。ジャスティンのは、明らかにばかにしてるほうだ。

見回りの先生がやってきて、ジャスティンを校長室に連れていった。また校長先生に怒《おこ》られるんだろうな。ジャスティンは、よっぽど校長先生のお説教が好きなのかもしれない。

クゥイが、

『ジャスティンなんて、放っておいたらいいよ』

と、リズをはげました。

クゥイは、お父さんとお母さんがベトナム人だけど、生まれ育ったのはカナダだから、アディソンたちと変わらない英語を話す。それでも、見た目がちがったり、文化がちがったりするからって、クゥイもリズも、ジャスティンに意地悪をされる。

『あいつ、想像力ってものがないんだよ。きっと、自分が異文化《いぶんか》の中で暮《く》らすことにならないと、ぼくたちの気持ちはわからないね』

カティークも、リズに声をかけた。

カティークは、ちょっと大人びている。言ってることも難《むずか》しくて、わからないことがよくある。言ってることがわからないのは、カティークのインドなまりの英語のせいかもしれないけれど。カティークの英語を聞くと、わたしの英語は、もっとわかりにくいんだろうなあと思う。

カティークは、算数が得意だ。わたしは、日本にいた時は算数の成績はふつうだったんだけど、カナダの算数は日本の算数と比《くら》べると簡単《かんたん》だから、ここでは算数ができる子ということになってしまった。算数ができるカティークは、同じように算数のできるわたしに一目置いてくれてるみたいで、優しくしてくれる。

わたしが、ジャスティンに、『ソイソース（しょうゆ）くさいからよるな』と言われた時も、カティークは、わたしをかばってくれた。そのあと、ジャスティンに、『おまえもスパイスくさいからよるんじゃない』と言われていたけど、『バカがうつるから、おまえのそばになんか行かないよ』と、負けずに返していた。

わたしは、ゆっくり考えてからだったら、英語もなんとか話せるようにはなってきたんだけど、急にジャスティンになにか言われると、なにも言い返せない。だから、カティークが、こうやって言い返してくれると、ちょっとすっきりする。

わたしもジャスティンに言い返せるくらい、英語が話せるようになれたらいいのになあ。

このところ、学校に行く途中の家の前庭に、ハロウィーンのデコレーションの他に赤とか青の看板が立っている。

「ねえ、お母さん、あれ、あれ、なあに？」

「ああ、あれね、もうすぐ選挙があるのよ。だから、応援《おうえん》する政党《せいとう》の看板を自分の家の前に立ててるのね」

「ふうん」

車の窓から、政党の看板を見る。赤や青の他に、オレンジや緑もあった。政党が色分けされてるのって、色別対抗《たいこう》の運動会みたいでおもしろい。そういえば、カナダには運動会ってないのかな。

わたしは、子どもだし、だいたい、日本人だから、カナダの選挙なんて関係ないと思ってた。でも、ある日、政党のリーダーが集まって討論会《とうろんかい》をしているテレビ番組を見て、それについて意見を言うという授業《じゅぎょう》があった。

教室の前にある電子ボードに討論会の様子が映《うつ》し出《だ》される。スタジオに五人の政党のリーダーが集まって、みんななにかを言ってる。赤とか青の政党の他に学校に行くまでの看板では見ない水色の政党もあった。水色はフランス語をしゃべる地域《ちいき》の政党だから、この辺ではあまり見ないんだと、ミセス・マケンジーが言っていた。

討論会の様子を、ちゃんと見ていたんだけど、本当に、まるっきり、一個の単語もわからなかった。でも、わからなかったのは、わたしだけじゃなかった。英語がわかるみんなでさえ、なにを言ってるのかわからないと言っていた。スタジオにいた五人全員がいっぺんにしゃべってたからだと思う。

そこで、ミセス・マケンジーは、どの政党が、どんなことを公約にあげているかということを電子ボードで見せた。それでも、難しい言葉がいっぱいあるから、やっぱり、みんなもわからないと言っていた。ミセス・マケンジーは難しい言葉を簡単な言葉に言いかえて説明した。それから、もし自分に選挙権《せんきょけん》があったら、どこの政党に票を入れるかということを聞いた。

カナダの学校って、自分の意見を言う授業が多い。日本の授業のほうが、ドリルとか、プリントとか、言われたことをやればいいから、楽だと思う。たとえば、分数の割《わ》り算《ざん》をする時に、割るほうの分母と分子をひっくり返して掛《か》けたらいいって、覚えておいたらいい。どうしてひっくり返して掛けるんだろうなんて、考える必要も、説明する必要もないんだもん。答えがあってたらいいんだから。

ほとんどの子が赤色の政党か、青色の政党がいいと言っていた。

『How about you, Aoi?（アオイはどう思いますか？）』

また、あてられた。でも、最近、あてられるのにも慣れてきた。ちょっと度胸《どきょう》がついてきた感じ。

『グリーン（緑）』

『Oh, the green party. Why would you choose the green party?（まあ、緑色の政党にしたのね。でも、どうして？）』

ほら、こういうのがこまる。自分の意見を言うのに、どうしてそう考えたのかっていうのを言わないとだめなんだ。「なんとなく」じゃ、だめ。もし「なんとなく」でよかったとしても、英語で「なんとなく」って、なんて言ったらいいのかわからないんだけど。

『グリーンパーティー・セッド・ユニバーシティー・イズ・フリー（緑色の政党は、大学をタダにすると言った）』

電子ボードを見て、わたしでもわかるものを選んで言ったのだけれど、でも、大学がタダっていうのは、いいことだと思う。お母さんが、大学はお金がかかるから、わたしと幸太のために今から貯金してるんだっていつも言ってるし、頭がすごくいいのに、お金がないから勉強できないという人がいたら、もったいないもん。

『Great! That would help a lot of people.（すばらしいわ！　多くの人が助かるでしょうね）』

ミセス・マケンジーにほめられた。でも、ミセス・マケンジーは、みんなをほめる。赤の政党をいいと言った子の意見にも賛成《さんせい》していたし、青の政党がいいと言った子にも賛成していた。「まちがってる」とか、「それはおかしい」とか、絶対《ぜったい》言わない。これ、社会の授業だと思うんだけど、これで、どうやって社会の成績《せいせき》をつけるんだろう。不思議だなあ。

学校で、どの政党がいいかの意見を言った次の週に、本当の選挙があった。

わたしは、晩ごはんを食べたあと、テレビで開票のニュースをずっと見ていた。でも、カナダは国の中でも時差があって、バンクーバーのほうは、夜中にならないと結果が出ないから、最後まで見られなかった。

次の日の朝、テレビのニュースを見たら、赤の政党が一番多く議席を取ったと言っていた。次が青で、その次は、水色だった。緑は、三つしか議席を取れなかった。でも、選挙の前は二議席だったそうだから、大勝利なんだそうだ。

日本にいた時も選挙があったけど、こうやって、テレビで選挙結果のニュースを見たことなんてなかった。どこの政党がいいなんて考えたこともなかったし、どんなことを公約にしてるかなんてことも知らなかった。選挙権がなくても、選挙のことを考えるのは、おもしろかったから、早く本当の選挙に行ってみたいと思った。

十月三十一日は、ハロウィーンだ。

ハロウィーンの夜には、子どもたちがおばけやプリンセスのコスチュームを着て、「トリック・オア・トリート」と言って近所の家々をまわる。そうすると、お菓子《かし》がもらえることになっている。

そのハロウィーンを前にプレゼンテーションの課題が出た。

『ティーンエイジャーは、トリック・オア・トリートに行ってもいいか』

ティーンエイジャーというのは、十三歳《さい》から十九歳までのことだけど、たぶん、十九歳は、トリック・オア・トリートには行かないと思う。でも、十三歳だったら、まだ行くのかな。

『行ってもいいか、行くべきじゃないか、まず自分の立場を決めましょう。それから、その理由をまとめます。来週には発表してもらいますから、今週中に考えをまとめてください』

ミセス・マケンジーは説明し終えると、わたしのところに来た。

『アオイ、プレゼンテーションには、正解《せいかい》とかまちがいとかないのよ。ただ、自分の意見を言うの。どうしてそう考えたのか、どうしてこっちのほうがいいと思ったのか、自分の考えをみんなに伝えることが目的よ。紙に書いて、それを読み上げてもいいけど、しっかりと聞いてる人の気持ちをつかまえるようにね。反対の意見を持ってる人も、アオイの意見のほうがいいなあって思わせちゃうくらいにね』

「イエス（はい）」

イエスとは言ったけど、みんなの前で自分の意見を発表するっていうだけでも緊張《きんちょう》するのに、英語で言わなくちゃいけないなんて、クラクラする。聞いてる人の気持ちなんてつかまえられるわけない。

「あおい、ぼーっとしてるんだったら、大根おろしてくれない？」

テーブルでほおづえをついていたら、お母さんがおろし器と大根を持ってきた。

「ぼーっとしてたんじゃなくて、学校のプレゼンテーションのことを考えてたの」

「なにそれ、宿題？　めずらしいわね」

「うん、ティーンエイジャーもトリック・オア・トリートに行ってもいいと思うかって」

「行ったらいいじゃないか」

お父さんが服を着替《きが》えてダイニングにやってきた。

「うん、わたしもそう思う。だからね、そういう自分の意見をみんなの前で発表するの。

その準備《じゅんび》が宿題」

「へえ、できそう？」

お母さんが、お父さんにビールを出しながら言った。

「自分の意見を紙に書いて提出《ていしゅつ》するだけならできるけど、それを発表するのは難しいよ。プレゼンテーションなんてやったことないし、英語の発音とかわかんないし」

「そうだな」

「ダウンタウンにある図書館で、無料で宿題を見てくれるプログラムがあるって、保坂さんが言ってたわ」

「でも、ダウンタウンって遠いよね。となりのマイクさんが、こまったことがあったらいつでも言ってって言ってたから、マイクさんに聞いてみようかな」

「ダメだ」

お父さんにしては、めずらしい。だいたい、こういう時、お父さんは、頭ごなしにダメなんて言わないんだけど。

「あら、どうしてよ」

わたしより先に、お母さんが、お父さんの「ダメ」に反応《はんのう》した。

「だって、幸太やあおいに変な影響《えいきょう》が出たらこまるだろう」

「なによ、変な影響って」

お父さんは、幸太がゲームに夢中《むちゅう》になっているのを確認《かくにん》してから、小さな声で、

「だって、あの人たち、ゲイだろう」

と言った。

「そんなの知ってるわよ。ゲイだからダメだなんて、そんなのおかしいじゃない。そういうのを差別っていうのよ」

「ねえ、ゲイってなに？」

「あおいは、だまってなさい」

「あおいが知りたいんだから、教えてあげたらいいじゃない。あのね、ゲイって、男の人を好きな男の人のことよ」

「おけしょうしたり、女の人の格好をしてる男の人のこと？」

そういう人は、日本のテレビ番組でよく見た。でも、マイクさんも、トニーさんも、女の人の格好はしてないけど。

お父さんは、一つため息をついてから、

「女の人の格好をしない人もいるんだよ」

と言った。わたしにゲイのことを話すと覚悟《かくご》を決めたみたい。

「ただ、男の人を好きな男の人なんだ。ああ、女の人で女の人を好きな人もゲイっていうんだったかな。カナダは、同性婚《どうせいこん》、つまり、男の人同士、女の人同士の結婚をみとめてるんだよ。おとなりさんは男の人同士で結婚してるんだ」

「あら、あの人たち、結婚してたの！　へえ、知らなかった！　カナダってすごいのねえ」

お母さん、なんか、うれしそうだな。

「ぼくは、ゲイの人たちを差別してるわけじゃない。べつにおとなりさんにあいさつされたらあいさつするし、下に見てるわけでもないよ」

「じゃあ、なんなのよ」

「だから、あおいと幸太が、変に影響されたらいやだって言ってるだろう。幸太の、男性を好きになることに対してのハードルが低くなったらこまるじゃないか」

「幸太が好きなんだったら、べつにいいじゃない」

「男が男を好きになるって、ふつうじゃないだろう」

「なんでふつうじゃなくちゃいけないのよ。ふつうじゃなくてもべつにいいでしょう」

「よくないよ。ふつうとちがうことをしようとすると、いろいろ大変だろう。ふつうじゃないと生きづらいじゃないか」

「ふつう、ふつうって、みんながふつうだったらおもしろくないわよ。だいたい、ゲイって、影響されてなるものでもないでしょう?」

「おもしろくなくてもいいんだよ。とにかく、いやなものはいやなんだ。図書館で宿題を見てくれるなら、図書館に行ったらいいじゃないか!」

そのあと、お母さんは、ずっとぷりぷりしてたし、お父さんも、ごはんを食べたらお風《ふ》呂《ろ》に入って、すぐに寝《ね》てしまった。

わたしは、男の人が男の人を好きになってもいいと思うけど、お父さんの言った「ふつうじゃないと生きづらい」っていうのは、よくわかる。

四年生の時、わたしが思いついた「こうだったらいいのになあ」ってことを絵里ちゃんに話すと、絵里ちゃんはすごくおもしろがってくれた。でも、五年生になって、絵里ちゃんとちがうクラスになってからは、あんまり絵里ちゃんと話さなくなった。べつにけんかしたわけでもないんだけど、絵里ちゃんは、一組で新しい友達ができたし、わたしも毎日英会話教室に通ったりして、学校が終わってから遊ぶことがなくなったから。

それで、わたしは、空想したことを二組で同じクラスになった美咲《みさき》ちゃんに話した。そうしたら、美咲ちゃんは、「そんなことあるわけないじゃん。ばかみたい」って、まゆげをぎゅって真ん中によせて、怒ってるみたいに言ったんだ。

絵里ちゃんは特別だったから、美咲ちゃんが絵里ちゃんみたいに、わたしの考えたことを笑ってくれなくても仕方ないかなって思うけど、でも、怒られるとは思わなかった。

そんなことがあったから、思いついたことはだれにも話さないで自分だけで楽しむようになった。そうしたら、同じクラスの西田《にしだ》君に、「なに、にやにやしてんの？　おまえ、ふつうじゃないよ。変なやつ」って言われた。それから、西田君は、わたしのことを、「こいつ、一人でにやにやしてて気持ち悪いんだぜ」とクラスのみんなに言いふらした。

そのうち、五年二組のみんなから、気持ち悪いって、さけられるようになってた。

さけられるって、とても悲しいことだった。もし、わたしがふつうの子みたいに、変なこと考えないで、一人でにやにやしてなかったら、きっと、気持ち悪いなんて言われなかったし、さけられることもなかった。あんなに悲しい思いもしなくてよかったんだろうなと思う。だから、カナダに来たら、変なことは考えないで、みんなをびっくりさせるようなことも言わないで、ふつうにしてようと思ったんだ。

でも、ふつうにしてたって、ジャスティンに意地悪されるから、どうしたらいいのかわからない。それよりも、だいたい、ふつうがよくわからない。だって、日本のふつうとカナダのふつうって全然ちがうんだから。

次の日、お母さんが、

「明日《あした》、学校が終わったあと、図書館に行って宿題を見てもらうことになったから、準備しておきなさいね」

と言った。

お母さんは、お父さんの意見に賛成したわけじゃないけれど、お父さんとこれ以上けんかもしたくないし、おとなりさんにめいわくをかけたくないから図書館に行くことにしたんだそうだ。

わたしは、トリック・オア・トリートについての意見をまとめた。

わたしの意見は、「ティーンエイジャーもトリック・オア・トリートに行ってもいい」だ。

だって、弟とか妹がいるんだったら、そのつきそいで家をまわるついでにコスチュームを着て自分もお菓子をもらってもいいと思うし、いっぱいお菓子を用意しすぎた家は、お菓子があまってしまうかもしれないから、その分をティーンエイジャーがもらったっていいと思う。

辞書を見ながら、なんとか自分の意見を英語で紙に書いた。あとは、図書館でおかしなところを直してもらえばいい。

図書館で宿題を見てもらえる日が、ちょうど幸太をスケートに連れていく火曜日と木曜日だったから、お母さんは、シビックセンターと図書館を行ったり来たりした。かなり大変だったみたいで、次にプレゼンテーションがある時は、お父さんがなんと言ってもマイクさんに頼《たの》むつもりだと言っていた。

ハロウィーンの前日、トリック・オア・トリートのプレゼンテーションがあった。

図書館のボランティアの人に、発音を直してもらったり、プレゼンテーションのコツを教えてもらったはずなんだけど、自分の番が来たら、緊張しすぎて、教えてもらったことをほとんど忘《わす》れてしまった。

仕方がないから、「わたしはロボットだ」と、自分に言い聞かせた。ロボットは、心臓《しんぞう》がないから、ドキドキしなくていいと思ったんだ。恥《は》ずかしいとか、こわいとかいう感情《かんじょう》もないだろうし、それに、ロボットはまちがえない。

ロボットになりきって書いた紙を読み上げていたら、あっという間に発表は終わった。

そして、ハロウィーン当日。

幸太は、スーパーマリオのコスチュームを大喜びで着てたけど、わたしは、ふつうの格好で学校に行った。ピーチ姫《ひめ》は好きだから、トリック・オア・トリートは、ピーチ姫のコスチュームを着ていくんだけど、でも、学校には着ていきたくなかった。だって、トイレで汚《よご》したりしたらいやだし、だいたい、ジム（体育）の時間もあるのに、着替えるのが大変だし。

低学年の子は、ほとんどがコスチュームを着ていたけれど、学年が上がるにつれ、コスチュームを着てる子はへっていったから、着ていかなくてよかったと思った。

わたしは、コスチュームを着なかったけど、低学年の子たちのいろんなコスチュームを見てるだけで、ハロウィーン気分を味わえた。校長先生まで、ねこの耳としっぽをつけていて、びっくりした。

午後は授業をしないで、教室でポップコーンを食べながら、「ナイトメアー・ビフォア・クリスマス」という映画《えいが》を観《み》た。この映画は、ミュージカルだし、日本語の吹《ふ》き替《か》えで観たことがあってストーリーは全部わかっていたから、ふつうに楽しめた。

映画を観終わって、帰りの準備をしていた時、プレゼンテーションのあとに提出した自分の考えをまとめた紙が、点数とミセス・マケンジーのコメントがついて返ってきた。四点満点の二・五点だった。

『しっかり自分の考えを話せていて、よかったです。ただ、発表する時は、もっと大きな声で、聞いている人を見て話すようにしましょう』

二・五点が、いいのか、悪いのか、よくわからないけど、一応、ロボット作戦は成功したんじゃないかな。これからも、プレゼンテーションの時は、ロボットになろう。

お母さんの運転する車で、学校から帰る途中で雨がふり出した。

「今日は、トリック・オア・トリートに行けないかもね」

お母さんが、車のワイパーを動かして言った。

「パラパラふってるだけだよ。雨天決行！」

わたしにとっても幸太にとっても、初めてのハロウィーンだ。スーパーマリオとピーチ姫のコスチュームだって準備してもらったのに、トリック・オア・トリートに行けないなんて、悲しすぎる。これくらいの雨だったら、かさをさしたら大丈夫。

そう思っていたのに、家に着くころには、雨はザーザーぶりになっていた。ワイパーがすごい速さで雨をぬぐっていても、前が見えないほどだったから、さすがにこれは無理だと、わたしも思った。

家に着くと、雨どいの水が、玄関前の階段下にすごい勢いで流れ出てきていた。階段を上る時にひざの下までびしょびしょになって、がっかりした気持ちに追い打ちをかける。

「これ、なにかしら」

お母さんがドアノブにぶら下がっていた紙を見て言った。

「あら、不在《ふざい》通知だわ。あおい宛《あて》に荷物が来たみたいよ」

「お姉ちゃんに？　だれから？」

「書いてないからわからないわ」

「おばあちゃんからに決まってるよ！」

しぼんでいた気持ちが、一気にふくらんだ。

不在通知には、今日の五時以降《いこう》に郵便局に取りに来るようにと書いてあった。ショッピングプラザの薬局の中にある郵便局に、お父さんが帰ってきてから、一緒に荷物を取りに行った。

荷物は、思ったとおり、おばあちゃんからだった。お願いしていたまんがと、わたしの好きなお菓子、それに、幸太の絵本、お母さんに化粧品《けしょうひん》、お父さんにスルメ、他にも、カップラーメンとか、文房具《ぶんぼうぐ》とか、大きな箱いっぱいに日本の物が入っていた。

ビデオチャットで、おばあちゃんに、ちょっと早めの誕生日プレゼントのお礼を言った。そのまま、お母さんも一緒に、みんなでおしゃべりしていたらおそくなってしまったので、その日の晩ごはんはカップラーメンになった。みんな、カナダに来てからカップラーメンを食べていなかったから、大喜びだった。

「まあ、たまには、こういうのもいいわよね」

お母さんが言った。

3 十一月の予感

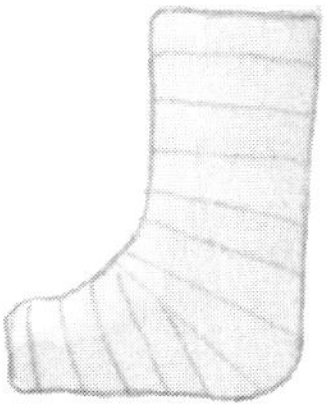

十一月は、いつもワクワクする。わたしの誕生日《たんじょうび》があるからなんだけど、それだけじゃなくて、なにかいいことが起こりそうな予感がするんだ。

「うわあ、雪だよ。雪がふってる」

玄関《げんかん》のドアを開けて、幸太《こうた》がさけんだ。

「ほんとだ。積もるかなあ？」

「そこ、気をつけなさいね。お父さん、出かける時、転びそうになってたんだから」

雨どいから流れ出た水が、階段《かいだん》下のコンクリートの上でこおりついている。

「うん」

わたしは、幸太と手をつないで、こおったところをさけて車のところまで行った。

「お父さん、今日、帰りにシャベルと氷をとかすための塩を買ってきてくれるって言ってたんだけど、あなたたちを学校に送ったあと、自分で買いに行こうかしら」

お母さんは、そう言いながら階段を下りた。そして、今、自分で「気をつけなさい」と言ったばかりのところで、「ひゃあっ」と声をあげて、すべって転んだ。

「お母さん、大丈夫《だいじょうぶ》？」

「大丈夫じゃないかも」

お母さんは、氷の上にしりもちをついたまま動けないでいる。急いでお母さんを引《ひ》っ張《ぱ》りあげようとしたけど、だめだった。

「幸太！　手伝って」

「うん」

幸太も後ろからお母さんのおしりをおしたけれど、お母さんの体は持ち上がらない。

「お父さんに電話するわ」

お母さんは、コートのポケットからスマートホンを出した。

さっき、テレビの天気予報《よほう》で、現在《げんざい》の気温はマイナス二度と言っていた。こんなに寒いのに、お父さんが家に帰ってくるまで待ってられない。

わたしは、となりの家に行ってドアベルを鳴らした。だれも出てこない。もう出かけちゃったかな。もう一度、ドアベルを鳴らして、今度はドアもノックした。

すると、中でドアのほうへ人が歩いてくる気配がした。よかった。マイクさんがうちにいたみたいだ。

ドアが開いた。

『やあ』

出てきたのは、日本語がわかるマイクさんじゃなくて、トニーさんだった。日本語でしゃべればいいと思っていたから、英語が出てこない。

口をパクパクしていたら、トニーさんに、

『大丈夫？』

と聞かれた。

わたしは、首を横にふって、コンクリートの上で座《すわ》り込《こ》んでいるお母さんを指さした。

トニーさんは玄関から体を乗り出して、わたしの指さしたほうを見る。

『ああ、大変だ！』

トニーさんは、サンダルに足をつっこんで、お母さんのところに走っていった。電話をしているお母さんに向かって聞く。

『救急に電話をしてるの？』
『いいえ、夫に電話をしているんですけど出ないんです』
『頭を打ちましたか？』
『いいえ』
『立てますか？』
『いいえ』
『ちょっと、失礼』
トニーさんは、お母さんの右の足首をさわった。
「いたっ」
お母さんの顔がゆがむ。
『骨《ほね》が折れてると思う。ぼくが病院に連れていこう』
『いいえ、大丈夫です。自分で救急に電話します』
『救急車はタダじゃないし、車で行ったほうが早いよ。車の鍵《かぎ》を取ってくる』
トニーさんは、家にもどっていった。
お母さんは、顔をゆがめたまま、わたしと幸太を見た。

「あおい、幸太と歩いて学校に行きなさい」

「ええ？　こんな時に学校に行くの？」

「あおいと幸太の二人だけで一日中家にいるほうが心配だわ。学校が終わるころには、お母さんも帰ってこられるだろうから」

トニーさんが、となりのガレージから車を出して、うちの前にとめた。そして、後ろのドアを開けると、お母さんを抱《だ》き起《お》こして車に乗せた。

『子どもたちは、どうするの？』

『学校に行くように言いました』

『じゃあ、学校によってから病院に行こう。乗りなさい』

わたしたちは、言われるままにトニーさんの車に乗った。

トニーさんは、学校の前で、わたしたちをおろすと、窓《まど》を開けて、

『帰りは、君たちのお父さんか、マイクがむかえに来るようにしておくから』

と言った。

幸太が不安気にお母さんを見る。

「お母さんは大丈夫だから、しっかり勉強してらっしゃい」

わたしと幸太は、車の窓から手をふるお母さんを見送った。トニーさんの車が見えなくなったあとも、しばらく学校の前の道路につっ立ったまま動けなかった。

「お姉ちゃん、骨って折れたら痛《いた》いよね」

「痛いに決まってるでしょ」

「お母さん、かわいそうだね」

「うん」

「お母さん、大丈夫《だいじょうぶ》かな」

「大丈夫だよ。さあ、行こう」

わたしは、自分に言い聞かせるように言った。それから、幸太の手をつかんで、校庭に向かって歩き出した。


日本語だったら、そんなに集中していなくても言ってることがわかるけど、英語は、必死になって聞いていないと、なにを言っているのか全然わからない。

ミセス・マケンジーに、今からやることの説明を三回も聞き返していたら、『どうしたのアオイ、なにかあった?』と心配された。でも、『お母さんが足を折った』としか言えなかった。本当は、今、お母さんが病院に行っていて、お父さんとは連絡《れんらく》がつかなくて、これからどうなるのか、すごく不安だって言いたかったのに。

心配しすぎたのか、ランチのあと、おなかが痛くなった。でも、カナダの学校には保健《ほけん》室《しつ》がないし、むかえに来てって電話をしても、たぶんだれも来てくれないから、がまんした。おなかは痛いし、みんなはなに言ってるのかわからないし、時計を見ても、なかなか針《はり》は進んでいかないし、泣きたい気分だ。でも、絶対《ぜったい》に泣かない。泣いたら、『どうして泣いてるの？』って聞かれて、泣いてる理由も英語で説明しなくちゃいけなくなるもん。

ああ、日本語でしゃべりたい。一人ぼっちでもいいから、日本に帰りたい。

『どうしたの？　大丈夫？』

アディソンに声をかけられた。

いやだ、泣かないって決めてたのに、なみだがあふれてくる。アディソンは、泣き出したわたしを見て、おどろいていた。

『ミセス・マケンジーを呼《よ》んでこようか？』

わたしは、泣きながら首をふった。

『わかった。呼ばない。なにかわたしにできることある？』

また首をふる。ただ、アディソンにそばにいてほしい。

アディソンは、わたしの気持ちがわかったみたいに、となりに座って、最初の日と同じようにわたしと手をつないでくれた。


三時二十分。とんでもなく長く感じた学校の一日が、ようやく終わった。玄関を出ると、お父さんと幸太が手をつないで立っていた。

「お父さん！　お母さん、大丈夫なの？」

「うん。さっき病院から帰ってきて、ソファーの上で休んでるよ」

「よかったあ」

幸太はなにも言わなかった。たぶん、幸太も心配しすぎて、疲《つか》れちゃってるんだ。

家に帰ると、マイクさんが、うちのポーチの階段下のこおったところに塩をまいていた。

「おかえりなさい」

マイクさんは、いつも日本語で話しかけてくれる。

「今日は、トニーさんに大変お世話になりました」

そう言って、お父さんはマイクさんに頭を下げた。

「たいへんだったね。これ、しお。つかってください」

マイクさんは、袋《ふくろ》いっぱいの塩をわけてくれた。

「ありがとうございます」

「それから、あまどいのみずのでぐちね。むきをかえようとおもったけど、こおっててできなかった。きおんがあがったら、かだんのほうにむきをかえるといいよ」

「はい」

「はやくよくなるといいね」

マイクさんは、お父さんの背中《せなか》をポンポンとたたいて、家に帰っていった。

「トニーさんだけじゃなくて、マイクさんも優《やさ》しいね」

「そうだな」

お父さんの目が、うるんでるように見えた。

「ただいま」

「おかえり」

お母さんは、包帯をまいた足の下にクッションを置いて、リビングのソファーの上に寝《ね》そべっていた。

「お母さん、大丈夫？」

「うん、心配かけてごめんね」

「痛い？」

幸太が、自分も痛そうな顔をして聞く。

「うん。でも、痛み止めの薬を飲んでるから、今は大丈夫よ」

「ギプスしないの？」

「明日《あした》、ボルトを入れる手術《しゅじゅつ》をして、それからだって」

「え？　ボルトなんて入れるの？」

「うん。こわいよね」

お母さんは、他人事《ひとごと》のように言った。

「それで、あれから、どうなったの？」

「病院に着いてから、トニーさん、何度もお父さんに電話してくれたの」

「もう、お父さん、なんですぐに電話に出ないの！」

「高速道路を運転してたんだから仕方がないだろう」

「トニーさん、夜勤明《やきんあ》けだったのに、お父さんが来てくれるまで、ずっとお母さんにつきそってくれてたのよ。本当に親切な人よね。落ち着いたら、ちゃんとお礼に行きましょう」

お母さんは、お父さんを見て言った。お父さんは、静かにうなずいた。

「なにか、飲むか」

お父さんが、みんなにココアをいれてくれた。

お母さんは、ソファーで足を上げたままココアを飲んでる。わたしと幸太とお父さんは、テーブルについて、ココアを飲みながら家族会議をした。

「お母さん、しばらくああやって、足を上げて横になってなくちゃいけないんだ」

「しばらくって、どれくらい？」

「一か月くらいって言ってたかな。さっき、お母さんも言ってたけど、明日、ボルトを入れたら、しばらくギプスをするんだ。ギプスが取れたら、リハビリしたりして、松葉杖《まつばづえ》をつきながらだけど、動きまわれるようになるらしい。松葉杖を使わなくてよくなるまでは、三、四か月かかるんだそうだ。だから、その間、お母さんの仕事を、みんなで手分けしてやろうな」

「うん」

「わかった」

「まず、保坂《ほさか》さんに学校の送りむかえをお願いしたんだ。毎朝、保坂さんが八時半にうちに来てくれるから、それまでにいつでも出られるように準備《じゅんび》をして待っていること。保坂さんの言うことをよく聞いて、めいわくをかけないように。帰りも、保坂さんを待たせないように、キンダーガーテンの玄関まで行くこと」

「うん」

「それから、ごはんのことだ。朝ごはんは、トーストかシリアル、あとはフルーツを食べて。ランチは、晩《ばん》ごはんを作る時に、一緒《いっしょ》に弁当箱《べんとうばこ》につめておこう。朝、冷蔵庫《れいぞうこ》から出して、きんちゃく袋に入れるんだ。晩ごはんは、お父さんも、なるべく早く帰ってくるけれど、やっぱり五時にはなるだろうから、あおいに下ごしらえやなんかをしてもらいたい。お米を研《と》ぐくらいはできるよな？　幸太は、ごはんのあと、お父さんと一緒にお皿を洗《あら》ってくれるか？　それで、補習校《ほしゅうこう》の宿題は、お皿を洗ったあとに、お父さんと一緒にやろうな」

お米は研げるけど、晩ごはんの下ごしらえなんか、できるかな。できなくても、やらなくちゃいけないんだけど。

「洗濯《せんたく》は、洗濯機の使い方を教えるから、お父さんか、あおい、やれるほうがやろう。それで、たたむのは、幸太も手伝ってくれ。お母さん、そうじもできないから、自分のものは自分で片《かた》づけような。二階の自分の部屋に持っていくんだぞ。そうじ機は、お父さんが土曜日にかけるから。買い物に行くのは、日曜日に、お父さんとあおいでな」

お父さんは、思いつくだけのことは言ったみたい。

「ほら、せっかくのココアが冷めちゃうよ。温かいうちに飲みなさい」

「いっぱいやることがあって、忘《わす》れそう」

幸太がうつむいて言った。

「じゃあ、やることを紙に書いて、冷蔵庫に張っておくよ。もし、なにか他にもやらなくちゃいけないことがあったら、その都度、書き足しておくから、冷蔵庫に張った紙は、ちょくちょく見るようにしてくれな」

お母さんが、リビングのソファーから、「みんな、ごめんね」と申《もう》し訳《わけ》なさそうに言ったあと、「でも、きっと、なんとかなるからー！」と、つけ足した。

お母さんが骨折《こっせつ》してから一週間が経《た》った。お母さんが、ギプスをつけた足を投げ出して、リビングのソファーで寝そべっているのにも、ずいぶん慣《な》れた。

足を上げておくために、そうしなくちゃいけないんだけど、そうでなくても、痛み止めの薬で気持ちが悪くて、横になっていないとつらいんだそうだ。

いつも、家のこととか、車での送りむかえとか、ちゃきちゃきと動いているお母さんが、ソファーの上で、ゆですぎた白菜みたいに、くたーっとしているのを見て、わたしががんばらなくちゃと思ってる。

でも、わたしができることって、あんまりない。晩ごはんの準備はわたしがすることになったから、一度、ハンバーグを作ろうとしたけれど、うまくいかなかった。

玉ねぎをみじん切りにしようとしたけれど、なみだで玉ねぎが見えないし、全然、みじん切りにならなかったから、お母さんにやり方を聞いた。お母さんは、つらそうだったけどキッチンまで来てくれて、こうやってやるのよって、お手本を見せてくれた。その間、カウンターに立てかけてあった松葉杖を三回もたおした。それを拾ったりしているうちに、お母さんは足が痛くなってしまったので、ソファーのところにもどっていった。結局、玉ねぎは、みじん切りじゃなくて、ぶつ切りにしか切れなかった。

それからは、わたしは、お米を研ぐだけになった。お父さんが、全部料理をすることになったから、わたしは、お皿洗いを引き受けることにしたけど、泡《あわ》のついた食器はすべりやすくて、お皿を一枚割《わ》ってしまった。なんか、わたし、なんにも上手にできないなあと思って、悲しくなった。でも、お父さんが、割ったお皿を片づけながら、「気にするな。続けているうちにできるようになるから。それより、手伝ってくれてありがとう」と言ってくれて、うれしくなった。そのあとは、気をつけてお皿を洗ってるから、お皿は一枚も割ってない。

しばらくしてギプスが取れたあと、お母さんの足には、エアブーツという歩行用の固定具がつけられた。ギプスとちがって取り外せるから、足首を動かすリハビリをしたり、お風呂《ふろ》に入ったりするのに便利なんだそうだ。幸太は、グレーのエアブーツを見て、「ロボットみたい」と喜んでいたけど、わたしは、全然、喜ぶ気分になんてなれなかった。

わたしの誕生日には、いつも、お母さんが、わたしの食べたいものを作ってくれる。

でも、今年の誕生日は、KFC《ケーエフシー》のフライドチキンとスーパーの冷凍《れいとう》コーナーで買ったアイスクリームケーキだった。

お母さんが骨折したんだし、ＫＦＣもきらいじゃないから、べつにいいんだけど。それに、去年の誕生日よりは、味もわかるし、だれもため息はつかないし、いいんだけどさ。

でも、なんか、十一月のワクワク感がうすれてる気がする。というよりも、十一月に入って、ワクワクすることなんか、一度も起きてないんじゃないかな。ワクワクどころか、ヒヤヒヤ、イライラ、モヤモヤ、ムカムカ、そんなのばっかりだ。

アイスクリームケーキを食べ終わると、お父さんが、

「誕生日おめでとう」

と言って、ハッピーバースデーと書いてある紙袋《かみぶくろ》をくれた。

「お父さんとお母さんからだよ」

紙袋の中にはタブレットが入っていた。

「前に学校に行った時、わからない単語は教室のパソコンで調べるって言ってただろう？でも、他の子もパソコンを使いたいだろうし、そんなに何回も席を立つのも大変だなと思ってさ。これだったら、自分の席に着いたまま、単語が調べられると思ったんだ」

「どうもありがとう」

「お姉ちゃん、ぼくのも見てよ」

幸太が水玉のラッピングペーパーでぐちゃぐちゃに包んだプレゼントをくれた。

「うん、ありがとう。なんだろうね」

ラッピングペーパーの中から、チョコレートが出てきた。

「お姉ちゃん、ずっと前に、チョコレート食べると、英語が話せるようになるって言ってたから」

「ありがとう」

本当にそんな風になったらいいのになあ。

そんなにワクワクしない誕生日だったけど、でも、イライラとかムカムカは、なくなった。みんなが、わたしのことを考えてくれてるっていうのがわかったから、ニコニコの誕生日だった。


誕生日の次の日、学校から帰ってきて牛乳《ぎゅうにゅう》を飲んだら、明日の分がなくなった。

毎朝、シリアルを食べているから、牛乳がなくなるのが前よりも早いんだ。

「明日の朝、牛乳がないとこまるでしょう。今から、買ってきたら?」

「えー、一人で行くの?」

「すぐそこのプラザで買ってくるだけじゃない。なんとかなるわよ」

「うん」

「気をつけて行ってらっしゃい」

カナダに来て初めて一人で買い物に行く。

土曜日に補習校に行く時にここからバスに乗るだけで、値段《ねだん》が高いから、あまりこのスーパーには買いに来ない。でも、家の横にあるんだし、買い忘れたものを買うのには便利だ。

いつも買ってるのは、ピンク色の四リットルのビニールの袋に入った牛乳だ。でも、また日曜日に買いに行くしなあ。二リットルのパックにしておこうか。

二リットルの牛乳パックを一つ持って、一番出口に近いところにある、買うものの数が十二個《こ》までのスピードラインと書かれたレジに行った。

『こんにちは、ごきげんいかがですか？』

『グッド（いいですよ）』

べつによくないんだけど、『How are you?（ごきげんいかが？）』と聞かれたら反射的《はんしゃてき》に「グッド（いいですよ）」と答えるようになってしまっている。九九と一緒で、八七と言われたら、すぐに五十六と、頭で考える前に口をついて出るのと同じだ。

『ひとりで来たの？』

なんだ、この質問《しつもん》？

『はい』

『あなた、いくつ？』

『え？』

子ども一人で買い物に来たから、変に思われてるのかな。わたし、きのう、十一歳《さい》になったばっかりだけど、十一歳は一人で買い物したらダメなのかもしれない。

『十二歳』

十二歳だとうそをついた。レジの人が、顔をしかめてわたしを見る。

『なに？』

十二歳もダメだったのかな。十三歳って言えばよかった。もし、子どもが一人で買い物に来たらどうなるんだろう。警察《けいさつ》につかまっちゃうのかな。心臓《しんぞう》がバクバクしだした。

『彼女《かのじょ》は十二歳と言ったの』

後ろからの声にふりかえったら、トマトの缶《かん》づめを持ったアディソンがいた。

『こんにちは、アオイ、調子どう？』

『いいよ』

だから、それほどグッドでもないんだけど。それどころか、とっても緊張《きんちょう》してて、心臓がバクバクして、バッド（悪い）のほうが断然《だんぜん》近い。

『彼女は、わたしのクラスメイトなの』

アディソンは、そう言って、レジの人ににこっと笑いかけた。

『あら、そう』

アディソンは、背が高くてティーンエイジャーみたいに見えるから、そのアディソンと一緒のクラスだとわかったら、レジの人も納得《なっとく》したみたいだった。

お母さんにもらった五ドル札をわたしておつりをもらう。

『袋いりますか？』

わたしは、だまって首をふってから、家から持ってきた買い物袋に、買った牛乳を自分で入れた。

『よい夜を』

店員さんのお決まりのあいさつには、返事をしなかった。

のろのろと開く自動ドアの前で足ぶみをする。早く、早く。わたし、早く、このお店を出たいんだ。足をドタドタしているうちに、なんだかわからないけど、なみだがあふれてきた。

やっとドアが開いて、店の外に出た。お店の中との温度差がすごい。冷たい空気が、さっきまで、どうしよう、どうしようってほてっていた顔をすーっと冷ましていく。ほっぺたを伝ったなみだがこおりそう。

牛乳を買って帰るだけなのに、なんでこんなにドキドキしなくちゃいけないんだろう。日本だったら、初めてのお使いとかいって、幼稚園《ようちえん》くらいの子が一人で買い物に行くのをテレビでもやってるのに。なんで、カナダでは全部がスムーズに行かないんだろう。

『アオイ！』

アディソンが、お店から出てきた。急いでなみだをぬぐう。

『十二（twelve）って言いにくかった？　ていうか、アオイ、十一（eleven）だよね？』

なんだ、十二歳で一人で買い物に行ったらダメだからじゃなくて、わたしのトゥエルブの発音が悪かったから、店員さんは聞き返してたのか。

『十一歳って言ったら、警察に電話されるかと思った』

『なんで？　通報なんてしないんじゃない？』

アディソンは、ふふっと笑った。全然、笑い事じゃないのに。

『何歳から一人で買い物に行ってもいいの？』

『さあ？　わたし、グレード4《フォー》から一人で買い物に行ったりしてるけど、だれにもなにも言われたことないから、わかんない』

わたしも、アディソンみたいに、背が高くて、ふつうに英語をしゃべれたら、何歳かとか、一人で来たのか、とか聞かれなかったのかな。

『アオイ、この辺に住んでるの？』

『うん、このプラザのうらに住んでる』

『ほんと？　わたしの家、一ブロック先に行ったところだよ』

『そんなに近くに住んでたなんて知らなかった』

『先週、引《ひ》っ越《こ》してきたばかりだから』

『そうなの？　なんで引っ越したの？』

『お父さんとお母さんが別居《べっきょ》したから。お母さんが、ここのタウンハウスを借りて、わたしは、お母さんと一緒に住むことになったの。遠くなるから体操《たいそう》教室もやめたんだ』

アディソンは、なんでもないことのように言った。でも、お父さんとお母さんが別居するって、すごくショックなことだと思う。なんて言ったらいいのかわからない。

わたしが、ずっとだまっていたら、アディソンは、なにかしゃべらなくちゃと思ったのか、急に、

『アオイは、いつもなにを考えてるの？』

と言った。

『アオイって、あんまりしゃべらないけど、いつもなにか考えてるでしょう？　考えてる時のアオイって、すごく楽しそう』

アディソンは優しい子だ。五年二組の子たちみたいに、わたしが一人でにやにやしていても、きっとばかにしたり、気持ち悪いって言ったりしないと思う。でも、やっぱり、あんまり言いたくない。気持ち悪いって言われなくても、思われるだけでいやだもん。

どうしよう、なんて言ったらいいんだろうって考えながら歩いていたら、ちょうどタウンハウスの門のところに来た。

『うち、ここなの。じゃあね』

わたしは、アディソンからにげるようにタウンハウスに向かって歩き出した。急いで歩

いているうちに、なんだか小走りになる。

『アオイ、待って！　アオイ！』

なんでか知らないけど、アディソンが追いかけてくる。でも、聞こえないふりをして、そのまま走った。

『どうしてにげるの？』

なんでにげてるんだろう。変な子だと思われたくないからだ。でも、きっと、もう、変な子だと思われてるよね。急いで階段を上って玄関のドアを開ける。家の中に入ってドアを閉《し》めたら、ドアをどんどんとたたかれた。

『アオイ？』

ドアをたたかれているのに、わたしがドアを開けないものだから、お母さんが心配して、松葉杖をつきながら、玄関までやってきた。

「なにやってるの？　大丈夫？」

『ねえ、アオイ！』

「お友達？　呼んでるじゃない。開けてあげなさいよ」

わたしは、首をふったけど、結局、お母さんがドアを開けた。

『こんにちは。アオイがこれを落としたから、とどけに来ました』

なんだ、手袋を拾ってくれただけだったのか。

『ありがとう。あら、あなた、あおいと同じクラスの子ね』

『はい、アディソンです』

『寒いでしょう。時間ある？　お茶でもどう？』

『いただきます。ありがとう』

「え？」

変なことになっちゃったな。こんなことだったら、さっき名前を呼ばれた時に、にげずに手袋を受け取っておけばよかった。

お母さんが、台所でやかんを火にかけようとして、また松葉杖をたおした。

「あとはやるから、ソファーで寝てて」

「うん。ありがとう。お母さんにもお茶くれる？」

「わかった」

わたしは、アディソンにティーバッグの入ってる引き出しを開けて見せる。

『アディソン、どのお茶がいい？　あ、ココアのほうがいい？』

『これ、ジンジャー・ピーチ？　これにする』

「オーケー。お母さんもジンジャー・ピーチでいい？」

「うん。一番右の戸棚《とだな》にクッキーが入ってるから、それ食べてもいいわよ」

「ありがとう」

ティーポットにジンジャー・ピーチのティーバッグを二つ入れた。お湯がわくのを待つ。

『お母さん、どうしたの？』

『転んで骨を折ったの』

「カワイソー」

アディソン、かわいそうって日本語も知ってるんだ。おもしろい。

『それで、さっきは、なんでにげたの？』

『にげてないよ』

『にげたじゃん』

とぼけようとしたけど、アディソンが、じっとわたしの顔を見るので、あきらめて本当のことを言うことにした。

『あとで言う。お母さんに聞かれたくないから』

『わかった』

お母さんにお茶を出してから、わたしたちは二階に行った。

わたしの部屋に入ると、アディソンは、ベッドの上の読みかけのまんがを見て、

「マンガー！」

と、飛びついた。

『日本のまんがって、絵が全然ちがうよね。すぐに日本のだってわかる』

アディソンが、パラパラとページをめくりながら言った。

『それ、ちがうよ』

アディソンは、裏表紙《うらびょうし》からめくってまんがを読んでいたから、それをひっくり返して、右から左に読むように、指で示《しめ》した。

『おもしろーい。日本のものって、全部ちがう』

『カナダのものが全部ちがうんだよ』

アディソンは、もう一度、今度は表紙からパラパラとページをめくったあと、まんがを閉《と》じた。

『それで、なんでにげたの？』

にげなきゃよかったなあと思ったけど、いまさら仕方がない。お茶を飲んで気持ちを落ち着けたけど、アディソンの顔は見ていられない。

わたしは、天井《てんじょう》を見上げて言った。

『アディソン、いつもなに考えてるのって聞いたでしょ？』

『うん』

『えっと、わたし、いつも「クウソウ」してるの』

「クウソウ？」

空想という単語がわからない。わたしは、お父さんにもらったタブレットで空想を調べて、アディソンに見せた。

fantasy, fancy, vision, daydream, imagination
『わかった。それでどんなこと空想してるの？』

『吹《ふ》きかけたら友達になっちゃうスプレーとか、いやな時間を早送りできるリモコンとか』

『うわあ、それいいねえ』

アディソンは、クッキーを食べながら、楽しそうに話を聞いている。

『でも、それで、なんでにげることになるの？』

『日本の学校で、空想したことを友達に話したら、ばかみたいって言われた』

『えー？　わたしは、ばかみたいとは思わないけどなあ』

『それから、友達に空想したことを話すのはやめたけど、空想することはやめなかった。

それで、空想してた時、わたし、笑ってたみたいで、「キモチワルイ」って』

えっと、気持ち悪いってなんて言うのかな。「気持ち悪い」とタブレットにタイプしたら、「creepy」と出てきた。

『ああ、creepy（クリーピー）ね。なんて言ったかもう一回言ってくれる？』

『クリーピーのこと？　日本語で？　「キモチワルイ」』

『ああ、そう。「キモチワルイ」！』

アディソンは、すぐに言葉を覚えちゃう。

『一人で笑ってて気持ちが悪いからって、みんな、わたしとしゃべらなくなった』

『ブーリードされてたんだね』

ブーリードってなんだろう。アディソンに、ブーリードとタブレットにタイプしてもらう。

be bullied（いじめられる）

ああ、あれ、いじめられてたのか。さけられてるだけだと思ってた。

『だから、カナダに来てからは、空想しないで、ふつうにしてようと思った』

そう言ったら、アディソンが、「ぶはっ」てクッキーの粉をふき出した。

『大丈夫？』

アディソンは、クッキーの粉が変なところに入ったみたいでむせている。

『お茶ちょうだい』

『はい、はい』

アディソンは、お茶でクッキーを流《なが》し込《こ》んだ。まだ、ちょっとゴホゴホしてる。

『食べてる時に変なこと言わないでよ』

『わたし、変なこと言ってない』

『言ったよ。ふつうにしてるって』

『わたし、ふつうだよ』

『全然、ふつうじゃないよ。カナダの学校に通ってるのに、英語がしゃべれないのが、もうふつうじゃないもん』

うわっ。そのとおりだけど、すごいむかつく。

『でも、わたしは日本で育った日本人なんだから、英語はしゃべれない』

『そうだよ。だから、ふつうじゃなくていいじゃない。アオイでいればいいよ。だいたいさあ、ふつうってなに？』

あれ？　なんだ、ふつうじゃなくていいのか。というより、本当に、ふつうってなんだろう。日本でふつうのことが、カナダではふつうじゃないし、カナダでふつうのことが、日本じゃふつうじゃないし。

『ふつうって、わからない』

『たぶん、ふつうなんてないんだよ。あったとしても、ふつうなんてつまんないよ』

そういえば、お母さんも、ふつうなんておもしろくないって言ってたな。

『ねえ、他にはどんなこと空想するの？』

『ミセス・マケンジーは、魔女《まじょ》かもしれないとか』

『えー、なんで魔女なの？』

『ミセス・マケンジーにもらったあめをなめたら、ミセス・マケンジーがなにを言ってるのかわかるようになったから』

『それ、ほんと？』

『半分ほんと。言ってることというより、気持ちがわかる感じがする』

『いいなあ。わたしも、そのあめ、ほしい』

『でも、あめのせいだけじゃないかも。だって、わたし、アディソンの言ってることもわかるもん』

『わたしも、アオイがなにを言ってるのか、だいたいわかるよ。最初の日に、ミセス・マケンジーがわたしを呼んで、アオイに紹介《しょうかい》した時に、魔法を使ったのかもね』

『もしそうだったら、「スゴイ」』

『ミセス・マケンジー、「スゴイ」』

アディソンは、おどけるように笑った。

『アディソン、どうもありがとうね』

『なにが？』

『この間、学校で泣いた時に手をつないでくれて』

『当たり前でしょ。わたしたち、友達だよ』

そうか。わたしとアディソンは、友達なんだ。わたしに友達ができたのも、ミセス・マケンジーの魔法なのかな。ミセス・マケンジーは、わたしとアディソンが友達になるってことを見越して、わたしにアディソンを紹介したのかもしれない。

アディソンは、クッキーを食べ終わると、またまんがをパラパラめくり始めた。それから、急に、

『ねえ、一緒にまんがをかこうよ』

と言った。

『まんがをかくの？』

『うん、アオイがお話を考えて、わたしが絵をかくの』

『わたし、お話なんて考えられない』

『なんで？　いつもおもしろいこと考えてるじゃん』

『そうだけど』

『アオイを主人公にしてお話を作ったら？　たとえば、そうだな、アオイがカナダに来るんじゃなくて、ちがう世界に行っちゃうのはどう？　パラレルワールドとか』

『それ、いいね。それで、わたしの世界ではふつうのことが、その世界では、マジックア

イテムになるの。チョコレートを食べたら、そこの人の言葉がわかるようになるとか』

『そう、そう。そんな感じ。ねえ、アオイ、なんか、書くものある?』

わたしは、落書き用のノートとえんぴつをアディソンにわたした。

『これが主人公ね』

アディソンが主人公の絵をかく。やっぱりアディソンは、絵が上手だなあ。でも、なんか、丸い顔に丸い鼻で、あんまりかわいくない。

『それ、わたし?』

『うん、アオイが主人公だからね』

『もうちょっと、かわいくかいてほしい』

『そう? かわいいと思うけど』

アディソンは、そのキャラクターの絵の下にAoiと書いた。

『えー、名前もわたしの名前なの?』

『うん。いや?』

『ちょっと恥《は》ずかしい』

『じゃあ、どんな名前がいい?』

そう聞かれると、すっと他の名前が出てこない。しばらく考えていたけど、アディソンは、待ちきれなくなったみたい。

『じゃあ、とりあえずは、アオイで、あとでいい名前が思《おも》い浮《う》かんだら、その名前にしよう。タイトルは、どうしようか』

「『あおいの世界《せかい》』なんて、いいかもなあ」

思わず日本語でつぶやいた。

『アオイノセカイってどういう意味？』

『えっとね、アオイズ・ワールド』

『それいいね。それで、どうしてアオイは、パラレルワールドに行ったことにする？』

アディソンが、アオイの絵をかきながら聞いた。

『パラレルワールドじゃなくて、アオイの空想の世界に行くっていうのは？　アオイズ・ワールドだから。アオイは、いやなこととか、つらいこととかあると、空想するくせがあるの。それで、空想の世界に行ったまま帰ってこられなくなる』

『おもしろいかも。じゃあ、きっかけになったつらいことはなに？』

『いじめられる』

『でもさあ、いじめられたあとに空想の世界に行っちゃったら、帰ってきたくないんじゃない？　最後は、やっぱりこの世界に帰ってくるようにしたいよ』

『じゃあ、勉強がいやだとか』

『勉強、そんなにいやかなあ？』

そうだった。カナダの学校は毎日がパーティーみたいだし、宿題もないんだった。

『じゃあ、お母さんの作るごはんがいやだとか』

『アオイ、お母さんの作るごはん、いやなの？』

『ううん、お父さんの作るごはんがちょっとね。お母さんがけがをしてから、お父さんが料理をするようになったんだけど、ラムチョップのなんとかみたいな、凝《こ》ったものばっかり作るんだよ。わたしは、ふつうのごはんが食べたいのにさ』

『ふつうのごはんね』

アディソンと顔を見合わせて笑う。だれかと一緒に、こうやって笑うのって、久《ひさ》しぶりのような気がする。

「ただいま」

お父さんが帰ってきた。時計を見たら五時だった。お米を研ぐの忘れてた。

『ごめん、アディソン。わたし、晩ごはんを作る手伝いしなくちゃいけないんだ。また、今度話そう』

『うん』

部屋を出ると、ちょうど服を着替《きが》えに二階に上がってきたお父さんに会った。

お父さんが会釈《えしゃく》をして言った。

『こんにちは』

『こんにちは』

アディソンも会釈をして言ったのがおかしかった。

「同じクラスのアディソンだよ。ごめんね、今、お米研ぐから」

「友達が来てるんなら、べつにいいよ。お父さんがやるから」

わたしは、アディソンをちらっと見た。

『もう少しいる?』

『ううん。わたしも帰ってごはんを作らなくちゃいけないんだ』

『アディソンもごはん作るの?』

『うん。お母さん、いつも七時ごろに帰ってくるから、晩ごはんは、わたしが作ってるの』

「すごいね」

『でも、パスタだよ。そんなに難《むずか》しいものは作らないから』

アディソンは、トマトの缶づめを顔の横にくっつけて笑った。

『じゃあね、また明日』

『うん、またね』

思いがけず、アディソンと仲良くなれた。やっぱり十一月には、なにかいいことが起こるんだな。

アディソンが帰ると、すぐにお米を研ぎにキッチンに行った。お父さんが、玉ねぎをくし形に切ってる。

「今日の晩ごはんはなに?」

「肉じゃが」

よかった。今日のメニューはふつうだ。

4

十二月の料理

十二月に入った。

町は、クリスマス一色だ。ふつうの家も、庭の木や屋根に、電気のかざりをつけてるから、夜になると、通りがテーマパークみたいですごく楽しい。だから、買い物は、平日、暗くなってから行くようになった。お父さんと買い物に行ったスーパーで、三十センチくらいのローズマリーのクリスマスツリーが売られていたから、それを買って、わたしと幸《こう》太《た》で、かざりつけをした。

お母さんは、一日中足を上げてソファーに寝《ね》ていなくてもよくなったし、お風《ふ》呂《ろ》も一人で入れるようになった。松《まつ》葉《ば》杖《づえ》を横に置いてだけど、キッチンに立って料理もできるようになった。でも、晩《ばん》ごはんは、まだお父さんが作ってる。

お父さんは、三月にカナダに一人で来た時は、自分で作って、自分で食べるだけだった

から、料理はめんどうくさいと思ってたんだって。だけど、今は、だれかのためにごはんを作って、おいしいと言ってもらえるのがうれしいんだってさ。

「ちょっとお母さんが落ち着いたから、おとなりさんにお礼をしようと思うんだ」

お父さんは、酢豚《すぶた》をテーブルにならべて言った。

「そうね。菓子折《かしお》りなんてカナダにないだろうし、なにがいいのかしらね」

お母さんは、お茶をいれている。

「あのね、カナダの人は、みんなティムホートンズが好きなんだよ」

幸太が、おはしをテーブルにならべながら言う。

「うん、本当。ミセス・マケンジーも、ボランティアのジュディも、いつもティムホートンズのコーヒー飲んでるもん」

わたしは、ごはんをよそいながら言った。

お母さんがけがをする前は、ごはんの準備《じゅんび》は、全部お母さんが一人でやってた。お手伝いって、めんどうくさいと思ってたし、お母さんも、自分でやったほうが早いって言ってたから。でも、やってみると、そんなにめんどうでもないし、みんなでやったほうが早く準備ができる。それに、家族が一つになってる感じがして、なんかいい。

「それじゃあ、お礼はティムホートンズのギフトカードね」

お母さんが、テーブルに着いて言った。

「ギフトカードじゃ味気ないだろう」

「あら、そう？」

「おとなりさんをうちに呼《よ》ぶっていうのは、どうだろう。ぼくが料理をして、おとなりさんをもてなすんだ」

「もう、お父さん！　料理が好きになったのはいいけど、まだ、おもてなしするほどの腕《うで》なんかないじゃん。この間のトンカツだって、油の温度が高すぎて、外は黒いのに中は生だったし。ねえ、お母さん」

お母さんは、すっごくびっくりした顔でお父さんを見ていた。

「なんでそんなにびっくりしてるの？」

「だって、お父さんが、おとなりさんをうちに呼ぶって言うのよ。ゲイのおとなりさんをよ！」

あ、本当だ。お父さん、わたしと幸太が、おとなりさんから変な影響《えいきょう》を受けたらいやだって言ってたのに。

わたしも、お父さんを見る。

お父さんは、なにかを宣言《せんげん》する人みたいに、「うおっほん」と、のどの調子を整えると、

「お父さんがまちがってた。おとなりさんは、すばらしい人たちだ。ああいう人たちの影響を受けて、あおいと幸太にも、こまってる人がいたら、助けてあげられる人間になってもらいたい」

と言った。

「おおっ、すばらしい」

お母さんが拍手《はくしゅ》をしたので、わたしも一緒《いっしょ》に拍手した。

「なんで、手をたたいてるの？」

幸太が、わけがわからないという顔で聞く。

「お父さんが、すばらしいこと言ったから」

幸太は、お父さんがどんなすばらしいことを言ったかなんて、わかってなかったと思うけど、おもしろがって、わたしたちと一緒に拍手をした。


次の日曜日、お父さんは、朝からギョーザを皮から作った。

わたしと幸太とお母さんも手伝って、あんを皮で包んだ。幸太は、あんを入れすぎるからうまく包めなくて、お母さんは、幸太の作った不格好《ぶかっこう》なギョーザを整える係になっていた。

あとは焼くだけの状態《じょうたい》にしたら、お父さんは、今度は巻《ま》きずし作りにとりかかった。カリフォルニアロールとかっぱ巻き。お魚は、新鮮《しんせん》かどうかわからないし、おとなりさんは苦手かもしれないからって。

午後二時になって、おとなりさんがやってきた。

『いらっしゃい。来てくださってありがとうございます』

『お招《まね》きありがとうございます。調子はどうですか？　よくなりましたか？』

トニーさんが、お母さんと握手《あくしゅ》して言った。

『おかげさまで、だいぶよくなりました』

「こんにちは」

わたしはマイクさんにあいさつをしたけれど、マイクさんはチーズトレイを持ってきていて、握手もできないし、くつもぬげないので、こまっていた。

「それ、もらいます」

わたしは、チーズトレイをマイクさんから受け取って、ダイニングに持っていった。見たことのないチーズとクラッカーがいっぱいならんでる。

人が来ると、ちょっと活気が出るっていうか、家の雰囲気《ふんいき》が変わる。こういう雰囲気、きらいじゃないから、お父さんもお母さんも、もっと人を呼んだらいいのに。お母さんは、けがをする前は、わたしと幸太が学校に行ってる間、日本人のお母さんたちを呼んでたのかもしれないけれど、カナダ人がうちに来るのって、初めてじゃないかなあ。ああ、アディソンが来たことがあったっけ。アディソン、またうちに来ないかな。

お父さんは、マイクさんとトニーさんをダイニングに通すと、グラスを出してワインをいれた。

『妻《つま》がけがをしてから、ぼくが料理をするようになりました。今日の料理は、ぼくが作りました』

『そうですか。それは楽しみです』

『マイクさんは、日本で暮《く》らしていた時は、日本の料理を食べていたんですよね。なにが一番好きでしたか？』

お父さんが、マイクさんに聞いた。巻きずしって言ってくれるといいねえ、と思って聞いていたら、マイクさんが、「あんパン」て言ったから、笑っちゃった。

「え？　あんパンですか。あんパンは、用意してないなあ」

お父さんは、頭をかいていた。

お父さんは、マイクさんたちと一緒に、ちょっとお酒を飲んだあと、キッチンに、ギョーザを焼きに行った。

わたしと幸太がチーズを見ていたら、トニーさんが、チーズの説明をしてくれた。

『これはスイスチーズ、これがゴーダ、これはブリー、そしてこれが、地元で作られたスモークチーズだよ。食べて』

『ありがとう』

「いただきまーす」

わたしは、ゴーダチーズ、幸太は、スモークチーズを食べた。

「おいしーい」

「ちょっとプリンみたい」

幸太のたとえがよくわからない。プリンみたいなチーズってどんな感じだろうと思って、スモークチーズを食べてみた。

「これ、すごくおいしい」

プリンっていうの、なんかちょっとわかった。こげたカラメルソースの味がする。

わたしと幸太は、スモークチーズが気に入って、そればかり食べていたら、お母さんに、「そんなにバクバク食べるもんじゃないわ」って怒《おこ》られた。

でも、マイクさんが、「たべてもらうためにもってきたからいいんだよ。もっとたべて」と言ってくれたから、二人で全部食べた。

マイクさんが、もっと食べてって言ったから食べたのに、お母さんは、マイクさんとトニーさんに、『しつけがなってなくて、すみません』と謝《あやま》っていた。

それから、お母さんは、この間のお礼を言って、トニーさんにティムホートンズのギフトカードをわたそうとしたけど、受け取ってもらえなかった。

『気にしないで。こまった時のために、おとなりさんはいるものだからね』

「もし、あなたのまわりで、こまっているひとがいたら、こんどはあなたが、そのひとをたすけてあげてください」

マイクさんにそう言われて、お母さんは、うん、うん、とうなずいていた。

『なんかこげくさいね』

トニーさんが心配そうな顔をしてキッチンのほうを見た。

ほんとだ。なにかこげてるにおいがする。

『ちょっと見てきます』

お母さんが、キッチンに行ったあと、マイクさんが、わたしの顔を見て、

「いいかおになったね」

と言った。

いい顔ってなんだろう？　かわいくなったってこと？

「いつも、ふあんそうなかおをしてたから、だいじょうぶかなって、しんぱいしてた」

ああ、そういうことか。

「ふつうにしてたかったのに、ふつうがわからなくなったから」

「そうだったの」

「でも、今は、ふつうじゃなくて、わたしらしくいようと思います」

「それはいいことだね」

「友達が教えてくれました」

「いいともだちができてよかったね」

「はい」

お母さんと、お父さんが、ギョーザを持ってやってきた。

『ごめんなさいね、ちょっとこげちゃったんですけど』

お父さんは、皮から作ったお手製《てせい》のギョーザが、こげてしまって、残念がっていたけど、わりとおいしくて、マイクさんとトニーさんにも評判《ひょうばん》が良かった。

巻きずしも、喜んで食べてくれた。

わたしと幸太は、チーズトレイの残りのチーズを平らげたあと、地下室に行ってテレビゲームをしたけど、大人たちは、そのままダイニングルームで盛《も》り上《あ》がっていた。

わたしたちが寝るころになって、おとなりさんはやっと帰ることになった。帰る時、お父さんは、『今度は、あんパンを作りますね』と宣言していた。パンなんか焼いたことないのに、お父さん、よっぱらってたのかもしれない。


カナダの学校は、日本の学校と比《くら》べて、ふわふわしてる。日本で夏休み明けに、「いつまでも休み気分じゃダメですよ」って先生に注意される感じのうわつき具合だ。

ふだんでもそんな感じだから、クリスマス前なんかになると、もう、だれも授業《じゅぎょう》に身が入らない。

学校のほうでも、そういうことがわかってるのか、十二月は、パジャマで学校に行くパジャマデーとか、変な髪形《かみがた》をしてくるワッキーヘアーデーとか、イベントが盛りだくさんだ。

スーパーヒーローデーとかオレンジシャツデーとかもあったから、パジャマで学校に行くのにも、なにか理由があるのかと思って、『パジャマデーはどうしてパジャマを着て学校に行くの？』とアディソンに聞いたら、『楽しいから』と言ってた。

カナダは寒い国だから、ウィンター・ホリデー（冬休み）やマーチ・ブレイク（春休み）に、南の暖《あたた》かい国に行く人が多い。休みの期間中は飛行機代やホテルが高いからって、平日に学校を休んで行く子もいるくらいだ。

うちも、ウィンター・ホリデーにフロリダのディズニー・ワールドに行く予定だったんだけど、お母さんが骨折《こっせつ》したから行けなくなった。

『アディソンは、どこか行くの？』

休み時間、雪の上に寝転がって、スノーエンジェルを作っているアディソンに聞いた。

『うん。ノバスコシアに行くよ』

『ノバスコシアって、どこ？』

アディソンは起き上がって、雪の上にカナダの地図を書いた。そして、地図の右下のはしっこを指さして、『ここ』と言った。

『そこ、暖かいの？』

アディソンは大笑いした。

『東海岸だもん。暖かいわけないよ。すっごく寒い。雪も、ここよりいっぱいふるよ』

『なんで、そんなところに行くの？』

『お母さんの実家だから。クリスマスイブは、この町にいるお父さんのほうのおじいちゃんとおばあちゃんの家に行って、クリスマスからは、お母さんと一緒にノバスコシアのお母さんのほうのおじいちゃんとおばあちゃんの家に行くの』

『いつ帰ってくる？』

『学校が始まる二日くらい前かなあ？』

なんだ。ウィンター・ホリデーは、アディソンもいないのか。つまんないな。

お父さんは、相変わらず、料理に凝《こ》っている。

今日も家に帰ってくるなり、パソコンでなにかを検索《けんさく》し始《はじ》めたから、あんパンの作り方でも調べてるのかと思ってたら、ターキー（七面鳥）の調理の仕方を調べていた。

「うちの会社、クリスマスに、社員全員にターキーを配るらしいんだ」

「あら、そうなの」

「でも、ターキーなんて調理したことないだろう。どうしたらいいのかなと思ってさ」

お母さんも、スマートホンで、ターキー料理を検索してる。

「心配なのは調理の仕方だけじゃないわよ。すごく大きいみたい。平均《へいきん》、十五パウンドだって。キロに直すとどれくらいなの？」

「七キロ近いか」

「そんなの、うちだけじゃ食べきれないわよ」

「じゃあ、また、おとなりさんを呼んでみる？」

早速《さっそく》、おとなりさんをさそってみたけど、クリスマス辺りはずっとパーティーだからと言ってことわられた。

「すみません。そのかわり、あんパン、たのしみにしてます」

マイクさんの返事を聞いて、お父さんは苦笑いしてた。

保坂《ほさか》さんにも一緒にターキーを食べないかと声をかけたけれど、休みに入ったらすぐにメキシコに行くんだそうだ。

仕方がないので、うちだけで食べることになった。

インターネットを見たら、次の日もスープだとか、サンドイッチにするだとか、いろいろな食べ方が書いてあった。

十二月の第二土曜日に今年最後の補習校《ほしゅうこう》に行った。

補習校では、二学期の終業式をしたあと、教室にもどって、冬休みの宿題を山ほどもらった。冗談《じょうだん》でもたとえ話でもなくて、本当に山だった。日本の夏休みの宿題のほうが、少ないんじゃないかと思うくらい。

冬休みの間、一緒にインターネットのゲームをしよう、と補習校で友達になったメイちゃんをさそったけど、メイちゃんは冬休みは日本に帰るんだそうで、たぶんゲームはできないよと言われた。お正月を日本で過《す》ごすなんて、うらやましかった。

次の週には現地校《げんちこう》での授業も終わった。

ホリデー前の最後の日には、教室で、映画《えいが》を観《み》ながら、みんなで持《も》ち寄《よ》ったものを食べるポットラックパーティーが開かれた。

ミセス・マケンジーが、ピザとジュースを持ってくると言っていたので、ほとんどの子はポップコーンとか、チーズケーキとか、お菓子《かし》のようなものを持ってきていた。

わたしが、ポットラックパーティーがあると言ったら、お父さんが、張《は》り切《き》って、巻きずしを作ってしまったから、わたしは、大きなお皿いっぱいのかっぱ巻きとカリフォルニアロールを持っていった。こんなの持ってきたの、わたしだけだったらどうしようと思っていたけど、カティークはサモサという三角の形をしたインドの食べ物を持ってきていたし、クゥイはベトナム風の春巻きを持ってきていて、ほっとした。

『なんだよ、この黒いの』

やっぱり、ジャスティンにつかまった。

『この黒いのは、のりだよ』

そう説明したけれど、ジャスティンは、絶対《ぜったい》に食べようとはしなかった。ジャスティンだけじゃなくて、この黒っていう色が、みんなちょっとこわいみたいで、お父さんの作った巻きずしは、あまり人気がなかった。

反対に、クゥイのお母さんの作った春巻きは、本当においしくて、アルミのお皿に山になっていたのが全部なくなってしまった。パリパリの皮と、ちょっとピリッとするお肉がおいしくて、わたしは四つも食べてしまった。

あとで聞いたら、クゥイのお母さんの作る春巻きは、おいしくて有名なんだそうだ。いつもこの日には、春巻きをいっぱい作って、先生たちにも差し入れをするって言ってた。だから、ジャスティンもクゥイの春巻きは食べたことがあったんだろうな。ふだん、あんなに外国のものを毛嫌《けぎら》いしてるのに、クゥイの春巻きは、ふつうに食べてた。クゥイも、『あげないよ』なんて言わないで、ジャスティンにもちゃんとわけてあげてた。やっぱり、お母さんが一生懸命《いっしょうけんめい》作ったものをおいしいって言ってもらえたら、うれしいんだろうな。わたしも、ジャスティンが、お父さんの作ったかっぱ巻きを食べたいって言ったら、喜んであげちゃうと思う。

カティークの持ってきたサモサは、カレー味だったんだけど、スパイスがすごく効《き》いていた。ちょっとからかったけど、おいしかった。『スーパーの冷凍《れいとう》コーナーにもサモサが売られているから、これから、時々、買ってもらおうかな』って、わたしが言ったら、カティークは、『あんな冷凍のものはおいしくない、サモサが食べたかったら、いつでも持ってきてあげる』と言ってくれた。

ホリデー前の最後の日だったけど、やっぱり、終業式とか、大そうじとかはなかった。成績表《せいせきひょう》も、もらわなかった。

パーティーが終わって、チャイムが鳴ったら、「はい、解散《かいさん》」って感じで、みんな教室を出ていってしまって、ちょっと素《そ》っ気《け》なかった。

ウィンター・ホリデーに入ると、とたんに退屈《たいくつ》になった。

お父さんは、クリスマス前日まで仕事だし、お母さんは、まだ車の運転ができないから、わたしと幸太は、ずっと家の中にこもりっきりで、テレビで「ホーム・アローン」とか「グリンチ」とかのクリスマス映画を観ていた。

外に行けば雪はあるけど、雪がサラサラすぎて、かたまらないから雪だるまも作れない。第一、寒すぎる。最初は、雪がふってうれしかったけれど、二か月もずっと雪だと、さすがに飽《あ》きてきた。

ウィンター・ホリデーの間は、だいたい、遅寝《おそね》、遅起きをしてたけど、二十五日のクリスマスだけは、プレゼントを開けたくて、早起きした。

幸太は、サンタクロースに「スター・ウォーズ」のレゴブロックをもらっていた。わたしは、絵の具とかペンとかの入ったアートセットと大人用のぬりえをもらった。

お父さんは、お昼ごはんを食べてから、ターキーを焼いた。

とても楽しみにしてたんだけど、十分に解凍しきれてないまま焼いたから、五時間もオーブンで焼いたのに、中が生焼けだった。仕方がないから、外側の焼けたところから、そぎ取って食べた。お父さんは、そぎ取ったあとの残りのターキーを、またオーブンに入れて焼きなおした。

「ターキーって、こんな風に食べるんじゃないからね」

お母さんは、本当のターキーは、こういうものなのよって、インターネットの写真を見せてくれた。

「ほんとだね」

「全然ちがうじゃん」

お父さんは、

「トルコのドネル・ケバブっていう料理は、こんな感じで、回転している羊の肉のかたまりをそぎ取って食べるんだぞ。それだと思って食べたらいい」

と言って、失敗したとは言わなかった。ここはカナダだし、これはターキーだし、全部まちがってるなあと思いながら、初めてターキーを食べた。

お父さんは、グレービーソースや、スタッフィング、マッシュポテトなんかも作っていたから、なかなかのごちそうに見えたけど、味は正直よくわからなかった。まずくもなかったけど、ちょっとパサパサしてて、たいしておいしくなかった。

それから、三日間、ターキー料理が続いた。ターキーのサンドイッチとか、スープは、よくあるみたいだけど、お父さんのオリジナルで、ターキーのぞうすいと、カレーうどんも食べた。ぞうすいが、なかなかおいしかった。

5　ショックだった一月

新しい年になった。

でも、年末の大そうじなんかしなかったし、初詣《はつもうで》なんかも行かないし、全然、お正月って感じはしない。おばあちゃんが送ってくれた荷物に入っていた真空パックされたおもちで、お雑煮《ぞうに》を食べたことだけ、お正月っぽかったかな。

それにしても、ひま。一日中、ゲームをしたり、インターネットを見たりしていたら、お母さんに、ゲームとパソコンの禁止令《きんしれい》を出されてしまって、サンタクロースからもらったプレゼントで、ひまをつぶした。でも、それもすぐに飽《あ》きてしまったので、補習校《ほしゅうこう》の宿題がはかどって仕方がなかった。

ひまだ、ひまだと言っていたら、日焼けした保坂《ほさか》さんが、メキシコのお土産《みやげ》を持ってやってきた。

わたしは、〝アニマリート〟という、小さい手ぬいのふくろうのぬいぐるみをもらった。幸太《こうた》は、プロレスのマスクをもらっていた。陸《りく》君と海《かい》君もマスクを持ってきていて、三人で大はしゃぎでプロレスごっこを始めた。

そうだ、保坂さんが帰ってきたってことは、アディソンも帰ってきてるかもしれない。もうすぐ、学校が始まるんだもんね。

「お母さん、アディソンのうちに行ってもいい？」

「アディソンのお母さんがいいって言ったらね」

わたしは、アディソンの家に電話をしてみた。

『ハロー？』

『アディソン？』

『アオイ！　ちょうどよかった。今からアオイの家に行ってもいい？』

『あ、うん、いいよ』

『ありがとう、すぐに行く』

なんか、様子が変だったけど、ま、いいか、と思って受話器を置いた。

「お母さん、アディソンがうちに来ることになったよ」

「あら、そう」

五分もしないうちにドアベルが鳴った。ドアを開けると、家からそのまま出てきたような格好《かっこう》のアディソンが立っていた。

『なんでコート着てないの？　大丈夫《だいじょうぶ》？』

『大丈夫じゃないよ』

『早く中に入って。寒いでしょ』

玄関《げんかん》の外で雪をはらっているアディソンを家の中に入れた。

リビングでは、幸太と陸君たちがまだマスクをつけてプロレスごっこをやってる。

『ごめんね、今、弟の友達が来てて、ちょっとうるさいの』

『わたし、ノバスコシアに引《ひ》っ越《こ》すことになるかもしれない』

『え？』

幸太たちの声がうるさくて、よく聞こえない。

『わたし、たぶん、お母さんとノバスコシアに引っ越すことになると思う』

アディソンが、もう一度はっきりとそう言ったから、聞きまちがいじゃなかったとわかった。

わたしのそばから、アディソンがいなくなっちゃうかもしれない。わたしは、頭をガツンとなぐられたような感じがした。

『クリスマスにお母さんと一緒《いっしょ》に、ノバスコシアのおじいちゃんとおばあちゃんの家に行ったでしょ。大きくなったねって言うからさ、そうだよ、わたし、毎晩《まいばん》ごはんを作ってるんだって言ったの。そうしたらさ、親戚《しんせき》のおばさんたちが、わたしが、かわいそうだって言うの。一人でかわいそうだとか、十一歳《さい》の子がごはんを毎晩作るなんてかわいそうだとか、いろいろ言うの。それで、お母さんも、そうかなあって思い始めちゃって、ノバスコシアで仕事を見つけて、こっちで暮《く》らそうかって言い出したの。おばあちゃんたちと一緒に住んだら、お母さんがおそくなっても、一人ってことはないし、おばあちゃんがごはんを作ってくれるし、また体操《たいそう》を習いたかったら、習わせてあげられるしって』

『なにやってるの？　早くこっちにいらっしゃいよ。そこ、寒いでしょう？』

アディソンにもわかるように、リビングからお母さんが英語で声をかけた。でも、アディソンは話をやめない。それどころか、どんどん大きな声になっていった。

『わたし、何回も言ったんだよ。今のままで、わたしは大丈夫だって。体操なんて習わなくていいよ。教室が家から近かったから通ってただけで、べつに体操が好きだったわけじゃないんだから。十一歳で晩ごはん作ってる子なんて、たぶん、他にもいるでしょう？　それなのに、お母さん、わたしの言うことなんか、全然聞いてくれないの！　わたしは、一人で家にいることより、友達とはなれたり、学校をかわることのほうがいやなのに！』

アディソン、最後のほうは、泣いてるんだか、怒《おこ》ってるんだか、わからないような声でさけんでた。

リビングで遊んでた幸太たちが、びっくりして玄関まで様子を見に来た。

『アディソン、わたしの部屋に行こう』

わたしはアディソンを二階に連れていった。

アディソンは、部屋に入ると、くずれるようにゆかに座《すわ》り込《こ》んだ。わたしは、そのとなりに座って、どうにかならないかなあって思いながら、アディソンの背中《せなか》をさすった。

『アディソン、お父さんにお願いしたら？　お母さんがアディソンをノバスコシアに連れていっちゃったら、お父さんとアディソン、そんなに簡単《かんたん》に会えなくなるでしょ。だから、お父さんも一緒にノバスコシア行きに反対してくれるんじゃない？』

『でも、お父さん、わたしのことなんて、もうどうでもいいんだと思う』

『そんなわけないよ。あ、そうだ、もっと簡単な方法がある。お父さんと一緒に住めばいいいんだよ』

『アオイは、わかってないんだってば。お父さん、新しい女の人と一緒に住んでるの。その人、おなかの中に赤ちゃんもいるんだよ。そんなところに行けるわけないじゃん』

そんなこと、全然知らなかった。だって、アディソン、なんにも言わないんだもん。アディソンは、いつも、堂々としてて、優《やさ》しくって、同い年なのにしっかりしてて、お姉さんみたいに頼《たよ》りがいがあるから、なやみとか不安とか、そういうものは、全部乗り越えちゃってるのかと思ってた。

『大人って勝手だよね』

アディソンが、ため息をついて言った。その言葉を聞いて、わたしは、カナダに来る時のことを思い出した。

わたしがカナダに行きたくないって泣いても聞いてくれなかったのに、お母さんが、幸太に日本の小学校を経験させてから行きたいって言ったら、カナダに来るのを半年遅《おく》らせることができたんだ。ほんとに大人って勝手だ。

『大人は子どもの言うことなんて聞いてくれないんだから。子どもって、損《そん》だよね。早く大人になって、全部、自分の思うとおりに決めたいよ』

一階で電話が鳴っている。お母さんが、幸太たちに静かにするように言ってから電話に出た。お母さんは階段下《かいだんした》に来て、

『アディソン、お母さんから電話よ』

と言った。わたしは、アディソンを見た。アディソンは、動かない。

『電話に出ないの？』

『出たくない』

アディソンが下りていかないので、お母さんが、もう一度声をかけた。

『アディソン、お母さんが心配してるわよ』

わたしとアディソンは、部屋から出て階段下のお母さんを見た。お母さんは、松葉杖《まつばづえ》をついているので、受話器を持って二階に上がってこられない。

『わたし、お母さんと話したくないんです。今日、ここにとまったらダメですか？　おなかすいてないから、ごはんはいらないです。シャワーも浴びなくていいです。だから、今夜、とめてください』

お母さんは、こまっていたけど、

『ちょっと待ってね』

と言って、またアディソンのお母さんと話し出した。

『アオイのお母さん、いいって言うかな』

『わからない』

うちのお母さんがいいって言っても、アディソンのお母さんは、いいって言うかな。

アディソンのお母さんがなにを言っているのかはわからないけど、うちのお母さんが相づちをうっているのは聞こえてくる。

『ええ、わかりました。はい、じゃあ、さようなら』

お母さんが、電話を切って、二階から様子をのぞいていたアディソンに話しかける。

『あのね、アディソン』

『はい』

『今日は、うちにとまってもいいわよ』

『本当？ ありがとうございます』

『わたしだけじゃなくてね、明日《あした》、家に帰ったらお母さんにもありがとうって言っておいてね。お母さん、本当に心配してたから』

『はい』

アディソンは、返事をしたあと、うつむいてしまった。

アディソン、今日はうちにとまればいいけど、明日になったら家に帰らなくちゃいけない。そうしたら、また、お母さんとけんかになるんだろうな。それで、どんなにアディソンがいやだって言っても、お母さんがノバスコシアに行くって言ったら、やっぱりノバスコシアに行くことになっちゃうんだろうな。

アディソンに、なにか飲み物をあげようと思って、キッチンに行った。いつの間にか保坂さんは帰っていて、お父さんが仕事から帰ってきていた。

お父さんは、お母さんから事情《じじょう》を聞いたみたいだった。

「アディソン、大丈夫か?」

「どうだろう。怒ったり、泣いたりして、ちょっと大変」

「そうか。おいしいものを食べたら気分がよくなるぞ。お父さん、今日は、天ぷらを作るからな」

お父さんは、アディソンがいるから、いつも以上に張《は》り切《き》って晩ごはんを作った。

エビとかサツマイモとかブロッコリーとかはよかったんだけど、イカをあげた時には、油の中で爆発《ばくはつ》して、悲鳴をあげていた。

アディソンは、お父さんが命がけであげたイカに見向きもしなくて、お父さんは、がっかりしていた。お父さんのあげたイカは、ちょっとゴムみたいにくちゃくちゃして食べにくかったから、アディソンは食べなくてよかったと思ったけど。

アディソンは、天つゆがあまり好きじゃなかったみたいで、塩をふって食べていた。

サツマイモとケールの天ぷらは「オイシイ、オイシイ」と言って、食べていたので、お父さんは、あとからもう一度、アディソンのためだけにケールをあげた。

『これ、おいしいから、今度、わたしも作ってみようかな』

そう言うアディソンに、

『でも、天ぷらは、さっきみたいに油がはねるから、大人が一緒の時じゃないと、あぶないわ。天ぷらの油でよく火事になるのよ』

と、お母さんが注意した。

わたしは、お母さんもアディソンのことを子どもあつかいするのに腹《はら》が立った。

「何歳《なんさい》になったら、一人で天ぷらをあげていいわけ？」

そうやって、お母さんにつっかかったら、ちょっと雰囲気《ふんいき》が悪くなった。

「十八歳になったらね」

本気なんだか、冗談《じょうだん》なんだか、お母さんが言う。

「天ぷらあげるのに免許《めんきょ》でもいるのか？」

「お父さん、無免許で天ぷらあげたね。だから、イカがゴムみたいだったんだ」

幸太のつっこみで、みんなが笑ってほっとした。アディソンだけ、日本語がわからなくて、きょとんとしてた。

ごはんのあと、アディソンがお皿を洗《あら》ってくれた。わたしはお皿をふいて、棚《たな》にしまっていたけど、お父さんが天ぷらを盛《も》るのに使った大皿は、どこにしまったらいいのか、わからなかった。

「お母さん、これ、どこにしまうの？」

「左の一番上の棚」

棚を開けたけど、どうしたってとどかない。ダイニングから、いすを持ってこようとしたら、ちょうどお皿を洗い終わったアディソンが、『貸《か》して』と言った。そして、わたしから大皿を受け取ると、背伸《せの》びをして、お皿を棚にしまった。

『アディソン、背が高いね』

もしかしたら、うちのお母さんよりも背が高いかもしれない。こんなに背が高くても、十一歳だから大人あつかいしてもらえないんだなあ。

うちには、よぶんなふとんがないから、わたしのベッドでアディソンと二人で寝《ね》た。

ちょっとせまいけど、暖《あたた》かい。家族以外の人とこうやってくっついて寝るなんて、初めてだから緊張《きんちょう》する。

『アオイ、寝た？』

『ううん。ねむれない』

『わたしも。お母さんのこと、考えちゃう』

『どんなこと？』

『今晩は一人でごはん食べたんだろうなあとか、一人でさびしいかなあとか』

『そうかあ』

『わたし、自分のことばっかり考えてたかなあ』

そう言われて、ドキッとした。

『アディソン、ごめんね』

『なにが？』

『わたしも自分のことばっかり考えてたから』

『そうなの？』

『うん。わたし、アディソンがノバスコシアに行くかもしれないって言った時、行ってほしくないと思った。アディソンがノバスコシアに行っちゃったら、わたしの空想を一緒に楽しんでくれる人がいなくなって、また、一人になっちゃうと思ったんだ』

『そうかあ。こわかったんだね』

『うん。ごめん。でも、きっと、みんな、こわいと思った時は、自分のことばっかり考えちゃうもんなんだと思う』

『わたしも、こわいよ。ノバスコシアには何回も行ったことあるけど、あそこは、わたしのホームタウンじゃないから。わたしは、ここで生まれ育ったんだよ。学校も友達も、わたしの愛するものは全部ここにあるんだよ。それをお母さんの都合で引っ越すなんて、お母さんも、自分のことばっかり考えてる』

アディソン、お母さんのこと心配したり、怒ったり、大変だ。きっと、いろんな気持ちがぐちゃぐちゃに混《ま》ざって、なんだかよくわからなくなってるんだろうなあ。あんまり考えると、もっとぐちゃぐちゃになりそう。そんなに考えなくていいと思うんだけど。

『あのね、わたしのお母さんが、よく言う言葉があるの。なんかいいかげんだから、わたし、あんまり好きじゃないんだけど』
『なに？』
「なんとかなるって、英語でなんて言うのかな」
わたしは、タブレットを探《さが》した。
『ごめん、ちょっと電気つけていい？』
『うん』
わたしは、タブレットを手に取って、「なんとかなる」を検索《けんさく》した。

It will be OK.
Things will work out.
Everything will be OK in the end.

タブレットに出てきた言葉を見せたら、アディソンが、はっとした顔をして言った。
『前にラジオで聞いたんだけど、おばあちゃんが孫に、全部の話はハッピーエンドなんだよって教える話があったの』

『でも、ハッピーエンドじゃない話もあるよ』

『そう、それで、その孫も同じこと言うのね。そうしたら、おばあちゃんは、ハッピーエンドじゃない話は、本当はまだ終わってないんだよって言うの。本当は、もっともっと話が続いてて、最後にはハッピーエンドになるんだって』

「ふうん」

なんで、アディソンが、急にその話を始めたのかよくわからない。

『これ、アオイのお母さんがよく言う言葉、Everything will be OK in the end. って、たぶん、どういうことを選んでも最後はハッピーエンドだよってことなんだと思う。わたし、この町も、学校も、アオイのことも大好きだから、ノバスコシアに引っ越すことになったら、バッドエンドになるんだと思ってた。でも、そうじゃなくて、このままここにいても幸せだけど、ノバスコシアに行っても幸せになれるんだと思う。どっちのほうが幸せかっていうのはわからないけど、きっと、どっちでも幸せになれるんだよ』

そう言われてみれば、そうかもしれない。わたしも、カナダなんて行きたくないって思ってたけど、カナダに来たら、アディソンに会えたし、日本にいた時よりも家族で過《す》ごす時間が増《ふ》えて、今、けっこう、カナダでの生活を楽しんでるような気がする。

『明日、家に帰ったら、お母さんにもう一回、わたしの気持ちを話してみる。それでもお母さんがノバスコシアに行くって言ったら、わたし、ノバスコシアに行く。行きたくないけど、でも、このままお母さんとけんかしてるのもいやだもん』

えっ、ちょっと待ってよ。アディソン、切りかえが早すぎる。わたし、ついていけない。わたしは、まだ、アディソンがノバスコシアに行っちゃっても幸せって思えないもん。やっぱり、アディソンにノバスコシアに行ってほしくない。

なみだがあふれてきたから、顔をかくして電気を消した。それから、『おやすみ』って、アディソンに背中を向けて寝た。

次の日、わたしたちは、お昼近くに起きて、シリアルを食べた。

アディソンが帰る時、お母さんは、『寒いでしょ』と言って、アディソンに自分のコートを貸してあげた。

アディソンは、『ありがとうございました』と言ってから、「Everything will be OK in the end.」と親指を立てた。

お母さんが、首をかしげていたから、「なんとかなるって言ったの」と教えてあげた。

「ね？　いい言葉でしょ、なんとかなるって」

お母さんは、自信満々で言った。

そうかもしれないって、その時、初めて思った。


ウィンター・ホリデーが終わって、やっと学校が始まった。

こんなに学校が始まるのが楽しみだったことって、今までなかった。だって、ウィンター・ホリデーは、ほんとに、ひまで仕方がなかったもん。

でも、ひまだ、ひまだと言いながら、お父さんの生焼けターキー料理があったり、アディソンがとまりに来たり、けっこう、いろんなことがあったかもしれない。

お母さんと幸太と別れて、グレード6《シックス》が集まる玄関に向かう。

バスケットコートのわきを歩いていたら、

『アオイ！』

と呼《よ》ばれた。

カティークが、すごい勢《いきお》いで腕《うで》をふっている。

『おはよう、カティーク』

わたしは、カティークのところへ走っていった。

『聞いた？』

わたしが、『なにを？』と聞く前に、カティークのとなりにいたクゥイが話し出した。

『ジャスティン、引っ越したんだって』

『ほんと？』

『うん、ほんと。それもさ、デンマークにだよ』

カティークが、すごくうれしそうに言った。

『ちがうよ、ベルギーだよ』

クゥイが、カティークのまちがいを正す。

デンマークだって、ベルギーだって、どっちでもいい。意地悪なジャスティンがいなくなったんだもん。

『ベルギー人って、英語しゃべるのかな？』

『英語もしゃべるだろうけど、公用語はフランス語かオランダ語じゃないかな。もしかしたら、ドイツ語もしゃべってるかもね』

『ジャスティン、フランス語の成績《せいせき》、あんまりよくなかったから、苦労するんじゃない？』

『フランス語の発音がおかしいって、からかわれるかもね』

『かわいそうに』

『ほんと』

カティークとクゥイは、そう言いながら、ちょっと意地悪に笑った。

ジャスティン、もし、フランス語が完璧《かんぺき》にしゃべれても、あんな風にいやなことばっかり言ってたんじゃ、友達はなかなかできないだろうな。これで、わたしの気持ちをわかってくれたらいいけど、まあ、わからなくたっていいや。もう、会うこともないだろうし。

でも、一度はジャスティンに言い返してみたかったな。

ピピピピピピッとチャイムが鳴って、先生たちが玄関から出てきた。わたしたちはクラスごとにならぶ。休み前と変わらない。でも、もう、ジャスティンはいないんだ。そして、そのうち、アディソンもいなくなる。

アディソンは、お母さんと話し合った結果、マーチ・ブレイクにノバスコシアに引っ越すことになった。やっぱり、アディソンがいなくなっちゃうのはさびしいけれど、アディソンが納得《なっとく》してるんだし、応援《おうえん》してあげなくちゃいけないと思う。

6

考えた二月

今日は気温が低すぎるから、休み時間は校庭に出ないで室内で過《す》ごすことになった。ミセス・マケンジーも教室に残って、なにか資料《しりょう》を見ている。

『ねえ、「あおいの世界」のこと、覚えてる？』

アディソンが、ノートにあの丸顔と丸い鼻のアオイの顔をかきながら言った。

『うん』

『あれ、途中《とちゅう》で止まったままだったよね』

『そうだね』

『ノバスコシアに行く前にさ、ちゃんと完成させたいんだ』

わたしも、アディソンが行っちゃう前に、一緒《いっしょ》になにかを作り上げたいと思った。

『うん、やろう』

『それじゃあねえ、アオイが空想の世界に行くきっかけは、どうする?』

『アオイって名前、やっぱりやめようよ』

『じゃあ、なに?』

『ブルー』

『なんでブルーなの?』

『アオイがブルーって意味だから』

『へえ、知らなかった。かっこいいねえ。でも、ブルーって、小さい子用のテレビ番組のキャラクターでそういう名前の犬がいたよ』

『それはちょっといやだ』

『じゃあさ、ブルーに近いバイオラっていうのはどう?』

『バイオラ?』

『バイオラって、むらさきみたいな色のこと。ちょっとお姫様《ひめさま》の名前みたいでかっこよくない?』

『じゃあ、「バイオラの世界」だね。いっそのこと、お姫様のお話にしちゃおうか』

『お姫様がどうして空想の世界に行くの? お姫様なんて、いじめられたり、勉強がいやだとか、そんなのないでしょ』

『じゃあ、大失恋《だいしつれん》ていうのはどう？』

『婚約者《こんやくしゃ》が戦争に行って死んじゃうんだ』

『ああ、そんなことがあったら空想の世界に行っちゃってもおかしくないね』

わたしたちが、ああでもない、こうでもないと言いながら、キャラクターの絵をかいていたらミセス・マケンジーが、『なにやってるの？』とのぞきに来た。

『わたしたち、まんがをかこうとしてるんです。アオイがお話を考えて、わたしが絵をかくの』

『どんなお話？』

ミセス・マケンジーが、わたしの顔を見て聞いたから、わたしが説明した。

『バイオラ姫は、ふだんから空想するくせがあるんです。ある時、婚約者が戦死して、現《げん》実《じつ》の世界がつらすぎて、空想の世界に入ったまま、帰ってこなくなっちゃうんです。そこに未来からバイオラ本人が助けに来るんです。未来で幸せな生活を送っているバイオラが、つらいことでも乗り越《のこ》えていけばその先に必ずいいことが起こるから、現実の世界に帰っておいでって。それで、バイオラは現実の世界にもどるんです。もどってみると、やっぱり、まだつらいことがあったりするんだけど、幸せな未来が待ってるはずだから、この大変なことを乗り越えていこうって思うところで終わり』

途中、タブレットで単語を探《さが》したり、絵を見せたり、アディソンに助けてもらいながらだけど、いっぱい英語でしゃべった。プレゼンテーション以外で、こんなに英語をしゃべったのは初めてかもしれない。

ミセス・マケンジーは、『Wow!（ワオ！）』と言ったまま、だまってしまった。

わたしは、アディソンを見る。アディソンもわたしを見てる。ミセス・マケンジーの中でなにが起こってるんだろう。いつもだったら、ミセス・マケンジーは、『すごいわね』とか『よく書いたわね』とか、ほめてくれるんだけど、今日は、ほんとに『Wow!』だけだ。

『そのお話、アオイが一人で考えたの？』

『アディソンと一緒に』

『でも、ほとんどアオイのアイディア。わたしは、ちょっと、こんなのはどうって言っただけ』

『だれか、モデルはいるの？』

『わたしとアディソン。空想するくせがあるのはわたしで、大変なことを乗り越えて幸せな未来をつかみに行くっていうのがアディソン』

ミセス・マケンジーは、「Wow!」ともう一回言った。それから、パソコンのところに行って、インターネットでなにかを検索《けんさく》し始めた。

わたしとアディソンがスクリーンをのぞきに行く。スクリーンには、ナショナル・ショートストーリー・コンテストとあった。

『アディソンが絵が上手なのは知ってるわ。まんがをかきたいっていうのも聞いた。でも、こういうライティング（作文）・コンテストがあるから。これにアディソンとアオイの合作ということでお話を書いて、応募《おうぼ》したらどうかしら？』

わたしとアディソンは、顔を見合わせた。

『でも、ミセス・マケンジー、わたし、三月にノバスコシアに引っ越すんです』

『え、そうなの？』

ミセス・マケンジーは、とんでもなくびっくりしてた。

転校するなんて大事なこと、日本だったら、決まったらすぐに先生に言うと思うんだけど、カナダではギリギリまで、先生に言わないものなのかなあ。まだまだ、カナダのふつうには慣《な》れないな。

『それは残念だわね。でも、まだ二月が始まったばかりよ。時間は十分あるわ』

ミセス・マケンジーは、アディソンにそう話したあと、わたしを見た。

『アオイ、これは、あなたの英語の力をつけることにもなると思うけど、それ以上に、あなたの内に秘《ひ》めたものを出すきっかけにもなると思うわ』

『内に秘めたもの？』

『そうよ。あなたは、いっぱいすばらしいものを持ってるのに、それを出そうとしないんですもの。わたし、いつもあなたの内側にあるすばらしいものを、どうやって引《ひ》っ張《ぱ》り出《だ》そうかと考えてたのよ。でも、アディソンが引っ張り出してくれたみたいね』

『でも、ミセス・マケンジー、わたし、できるかどうか』

『アディソンが手伝ってくれるでしょう。だから合作なのよ。わたしが英語をチェックしたら、先生の手が入ったってことになっちゃうからね。大丈夫《だいじょうぶ》。これ、子ども用のコンテストだから。キンダーガーテンからグレード8《エイト》までのコンテストよ。言い回しが多少おかしかったりしても、意味がわかれば大丈夫だと思うわ。それよりも、話の内容《ないよう》がおもしろいかどうかよ。今、話してくれたお話、よくできてると思うもの。どうしてバイオラが現実の世界にもどる気になったのか、そこをしっかり書けたら、なかなかのものだと思うわ』

ミセス・マケンジーの話を聞いていたら、英語で物語を書くことなんて、すごく簡単《かんたん》なことのように思えてきた。アディソンと一緒なんだし、わたしでも、できるかもしれない。

『そうだ。今度、ライティングの授業《じゅぎょう》でこれをやりましょう。うちのクラス全体でこのコンテストに応募することにするのよ』

早速《さっそく》、ミセス・マケンジーは、次のライティングの授業で、このコンテストの話をした。

『今日から、ライティングのクラスでは、ショートストーリーを書いてもらうことにしました』

そう言って、印刷したショートストーリー・コンテストの募集要項《ぼしゅうようこう》をみんなに配った。

『ええー?』

『ショートストーリー?』

不満いっぱいの声があがる。でも、ジョシュが募集要項を読んで、

『わあ、賞金が出る！』

と言ったら、みんなの不満の声は歓声《かんせい》に変わった。

『ほんとだ！　一等三百ドルだって』

『すげえ！』

『はい、静かに。そうですよ。一等になったら三百ドルの賞金がもらえます。だから、しっかり書きなさいね』

そう言ってから、ミセス・マケンジーは、募集要項を読んでいった。

『七百五十ワード以下でとありますね。七百五十ワードというのは、これくらいですよ』

ミセス・マケンジーは、だいたい七百五十ワードで書かれているという、字が多めの絵本を見せたり、七百五十ワードを印刷した一枚半《まいはん》の紙を見せたりした。

『このコンテストは、エッセイでもノンフィクションでもないですからね。自分でお話を創作《そうさく》するんですよ』

クラス中がざわざわする。エッセイを書くっていう課題はあっても、創作物語を書くっていう課題は、あんまりないから、みんな、戸惑《とまど》ってるんだ。

『じゃあ、ブレインストームをしましょうか』

ブレインストームというのは、みんなでアイディアを出し合っていくことだ。

『どういった類いのお話がありますか？』

『SF《エスエフ》』

『ファンタジー』

『ミステリー』

『ミステリー？　じゃあ、殺人事件《じけん》を書いてもいいの？』

ジョシュが聞く。

『構《かま》わないですよ。でも、七百五十ワードで、事件発生から、犯人《はんにん》さがし、事件解決《かいけつ》の説明を全部できるかしらね。長さも考えて題材を選びなさいね。じゃあ、次は、どういった人を主人公にしましょうか』

『ねこ』

『おばあさん』

『宇宙人《うちゅうじん》』

『ロボット』

『どろぼう』

どんどん、意見が出る。最初は、文句《もんく》を言っていた子も、のりのりで手をあげている。

『そうですね。どういった話を書くのかで、登場人物も変わってくるかもしれませんね。じゃあ、場所や時代はどうですか？』

『未来の火星』

『建国したばかりのカナダ』

『魔法《まほう》学校』

『それ、ハリー・ポッターのぱくりじゃん』

『人のアイディアを使ってはダメですよ。自分で考えたものを書いてください。でも、ハリー・ポッターの世界以外でも、魔法学校というものはあるでしょうから、魔法学校というアイディアは使ってもいいと思いますよ。合作での応募でもいいですから、パートナーを見つけて相談しながらお話を作り上げてもいいです。もちろん、自分だけで、自分のお話を書いてもいいですよ。なにを書くか、だれと書くかが決まったら、書き出してください』

わたしとアディソンは、もう書くことが決まっているから、すぐに配られた紙に書き出したけど、大体の子は、なにも書かずに、口を開けたまま天井《てんじょう》を見上げていたり、首をかしげて目をつむったりしていて、ちょっとおかしかった。はたから見たら、わたしもああなんだろうなって思ったら、ああ、やっぱり、ちょっと変かもって思った。でも、わたしは、口を開けてなにかを考えてる子を見て、気持ち悪いとは思わないけどな。どんなこと考えてるんだろうって、ワクワクしてくる。本屋さんで、本をパラパラッとめくって中身を見たり、スーパーで試食をするみたいに、みんなの頭の中をちょこっとのぞけたらいいのにな。

頭の中はのぞけないけど、なにを書くのか、聞くことはできる。ジョシュは、クリスマスに起きた殺人事件を書くと言っていた。カティークはインド哲学《てつがく》をモチーフにした話、リズはカメが湖の神様になる話、クゥイは家で飼《か》っているねこを主人公にした話を書くんだそうだ。どれもおもしろそうで、早く読んでみたいと思った。グレイスとエマは二人で一緒に書くみたいだけど、まだなにを書くのか決められないでいた。

休み時間に入ってからも、アディソンと二人で、バイオラ姫の話を考えた。

でも、ミセス・マケンジーの言っていた、バイオラ姫が現実の世界に帰ることになる理由が思いつかない。

『未来では、こんないいことがあなたを待ってますよって言われて、じゃあ、帰りますってなるかなあ？』

アディソンが言う。

『信用できないかな？』

『じゃあ、どうする？』

アディソンがわたしの顔をのぞきこんだ。

『未来の自分が助けに来るんじゃなくて、現在《げんざい》の友達が助けに来るっていうのはどう？』

『お姫様の友達って、お姫様？　なんか、話がめんどうくさくなりそう』

『お姫様の友達はお姫様じゃなくてもよくない？　たとえば、お姫様がいつも乗っている馬とか、飼っている犬とか』

『犬だったら、やっぱり名前はブルーかな』

アディソンは、そう言って、フフッと笑った。

『お付きの人でもいいよね』

『動物でも友達になれるんだから、身分がちがっても友達になれるかもね』

アディソンと話してると、次から次へとアイディアが浮《う》かんでくる。二人で話を考えてる時間は、すごく楽しい。

学校から帰ったあとも、アディソンはうちに来て、お父さんが帰ってくるまで、一緒に話を考えた。うちで一緒にごはんを食べたらって何度かさそったけど、アディソンは、お母さんが一人でごはんを食べることになっちゃうからって、いつも五時に帰って、晩《ばん》ごはんを作っていた。

アディソンは、背《せ》が高いだけじゃなくて、わたしよりもずっとしっかりしてると思う。名誉《めいよ》市民とか、名誉教授とかみたいに、特別に大人としてあつかってもらえる名誉子どもっていうのがあったらいいのになあって思う。

明日《あした》は、ピンクシャツデーだ。

先週、おもしろいぼうしをかぶっていくハットデーがあったから、ピンクシャツデーもそんな感じの、楽しむための日だと思ってた。

『明日は、ピンクシャツデーです。ピンクシャツデーとはなんの日ですか？』

ミセス・マケンジーがそう聞いたら、

『アンチブーリング・デー！』

と、クラスのほとんどの子が大きな声で答えた。

ブーリーって覚えてる。アディソンがうちに初めて来た時に言ってた。いじめのことだ。アンチは反対ってことだから、いじめに反対する日ってことかな。

『そうですね。じゃあ、ピンクシャツデーは、どうやって始まったか、知ってる人いますか？』

みんなが、それぞれに話し出す。それをしばらく聞いてから、ミセス・マケンジーがまとめて説明した。

『学校にピンク色の服を着ていった男の子が、ゲイだといじめられるようになりました。それを知った二人の上級生が、ピンク色の服を七十五枚買ってきて、みんなに着てもらおうと計画し、メールなどで呼《よ》びかけました。みんなでピンク色の服を着れば、その男の子がいじめられることもないと思ったんですね。翌朝《よくあさ》、校門で登校してくるみんなに、その服を配ろうとしたところ、みんなは既《すで》にピンク色の服を着ていました。その日は学校中がピンク色になったそうです。それから、その子に対するいじめがなくなりました』

『ミセス・マケンジー！　それ、ノバスコシアの高校のことだよ！』

アディソンが言った。

『そうですね、ノバスコシアで二〇〇七年に始まった運動ですが、今では世界中に広がっています』

ミセス・マケンジーが話している間に、カティークがクゥイに、なにかこそこそ話していた。

『なんですか、カティーク？　みんなの前で言ってごらんなさい』

カティークが、しまった、という顔をして、立ち上がる。

『明日、ジャスティンに意地悪されてた子、みんなでピンク色のシャツを着て、ジャスティンに写真を送ろうって話してました』

カティークが、そう言ったら、リズが、

『賛成《さんせい》！』

と手をあげた。

ミセス・マケンジーは、カティークとリズの顔を交互《こうご》に見てから、

『そうね。じゃあ、クラス全員の写真を撮《と》って送るのはどうかしら？　ジャスティンも、カナダの友達の顔を見ることができてうれしいと思うわ』

と言った。

そして、次の日のピンクシャツデーには、グレード6《シックス》にしてはめずらしく、クラス全

員がピンク色のシャツを着てきた。女の子たちは、ピンク色のものをいっぱい持ってるから、シャツだけじゃなくて、上から下まで、全部ピンクという子もいた。

ランチに入る前に、ミセス・マケンジーが、となりのクラスのミセス・ホワイトを呼んでクラス全員の写真を撮ってもらった。

それから、ジャスティンと一番仲のよかったリーアムがメールでみんなの写真を送った。

次の日にはジャスティンから返事が来た。リーアムがメールを読み上げる。

『ハーイ、みんな元気ですか。ぼくは、まあまあです。みんなの写真を見ました。なんでみんなピンクのシャツを着てるんだろうと思ったら、ピンクシャツデーだったからなんですね。こっちはピンクシャツデーというのはありません。あるのかもしれないけど、ぼくが通っている学校ではありません。ベルギーはいいところですが、やっぱりカナダのほうがいいです』

そういう言葉と一緒に、ピンクのシャツを着たジャスティンの写真も送られてきた。

わたしは、ジャスティンがベルギーに引っ越したと聞いた時、新しい国に行って、ちがう言葉の中で苦労して、発音が変だからっていじめられたらいいって思った。そうしたら、わたしの気持ちがわかるだろうって。

でも、ピンクのシャツを着てるジャスティンを見たら、なんか、そういう気持ちが、どっかに行っちゃった。ジャスティン、いじめられてるとか書いてないし、言葉で苦労してるとも書いてないから、わたしの気持ちなんかわからないままかもしれないけど、でも、ただピンク色のシャツを着てるってだけで、なんだかうれしかった。ジャスティンは、ジャスティンなりに、いじめに反対する気持ちはあるんだなって思ったから。

それをカティークに話したら、『アオイは、優《やさ》しすぎる』と言われたけど。

7 歩き出す三月

三月に入った。

まだ、時々、雪がふることもあるけれど、だいぶ日が長くなってきて、ちょっぴり春の気配を感じる。

お母さんは、松葉杖《まつばづえ》がなくても歩けるようになった。あと、一、二週間もすれば、車の運転もできるようになるらしい。

だいぶ暖《あたた》かくなったから（といっても、朝はまだ氷点下になるけど）、保坂《ほさか》さんに車で送ってもらうのは幸太《こうた》だけにして、わたしはアディソンと一緒《いっしょ》に学校まで歩いていくことにした。アディソンがノバスコシアに行くまで、ちょっとでも長く一緒にいたいんだ。

『今日の帰りに提出《ていしゅつ》するってことでいい？』

アディソンに聞かれた。バイオラ姫《ひめ》の話が、きのう、とうとう完成したんだ。

『いいよ』

ミセス・マケンジーにあらすじを話した時と、だいぶ設定《せってい》が変わってしまったから、なんて言われるか、ちょっと心配なんだけど。

その日の帰り、チャイムが鳴ったあと、ミセス・マケンジーに『バイオラ姫《ひめ》とオリビア』をわたすと、ミセス・マケンジーは、その場でそれを読み始めた。

バイオラ姫とオリビア

アディソン・コールマン
鈴木あおい

バイオラ姫は、しだれ柳《やなぎ》の木の上から、焼けこげたひまわり畑を見下ろすと、深いため息をつきました。

三年前に亡《な》くなった女王様は、ひまわりのような方でした。女王様が亡くなったあと、庭師《にわし》のピーターは、王様の命令で、国中のひまわりの種を集め、お城《しろ》の庭にひまわり畑を作りました。

去年の夏は、ひまわりの花が畑いっぱいに咲《さ》いて、まるで女王様がもどっていらしたかと思うほどでした。

ところが、今年は、ひまわりの花が咲く前に、南から来た竜《りゅう》に、すべて焼きつくされてしまいました。温暖化《おんだんか》の影響《えいきょう》で、以前は南の国にしかいなかった竜が、近ごろは、バイオラ姫の住む北の国にまで、やってくるようになったのです。

南の国には、竜を操《あやつ》る竜使いがいるそうですが、北の国には、竜のあつかいに慣《な》れたものなどいません。竜が空を舞《ま》い、火を噴《ふ》いて、ひまわり畑を焼きつくす間、北の国の人々は、逃《に》げまどうしかありませんでした。

黒いひまわり畑を見ているバイオラ姫の瞳《ひとみ》から、大粒《おおつぶ》のなみだがこぼれ落ちました。

「バイオラ、泣かないで」

木の下から、女王様の声が聞こえてきます。

「お母様?」

「早く木から降《お》りてらっしゃい。一緒にひまわり畑を歩きましょう」

バイオラ姫は、言われたとおりに木から降りました。そして、目の前の光景を見て、とてもおどろきました。真っ黒に焼けこげたはずのひまわり畑が、黄色いひまわりの花でいっぱいだったのです。

「お母様、このひまわりの花は、どうしたのですか」

「庭師のピーターに頼《たの》んで、またひまわり畑を作ってもらったのよ。さあ、行きましょう」

バイオラ姫は、女王様のあとについて、ひまわり畑へ行こうとしました。すると、

「姫様！」

と、バイオラ姫を呼《よ》ぶ声がしました。ふりかえると、オリビアが手をふっていました。

オリビアは、庭師のピーターの娘《むすめ》です。バイオラ姫とオリビアは、身分はちがいましたが、年が近かったこともあり、小さいころから大の仲良しでした。

「姫様、そこは本当の世界ではありません！」

「知ってるわ」

「では、早くもどってきてください！　そちらに長くいすぎると、こちらに帰ってこられなくなりますよ！」

「でも、わたし、こっちの世界のほうがいいわ。本当の世界は悲しいことばかりだから」

「悲しいことを乗《の》り越《こ》えたら、楽しいことも、うれしいことも、きっとあるはずです」

「いやよ。本当の世界で泣いてるよりも、うその世界で笑ってるほうがいいもの」

「本当の世界でにこにこ笑うのが一番いいのではないですか」

「それはそうだけど」

女王様が亡くなって、ひまわり畑も焼かれてしまった今、本当の世界でにこにこ笑うなんてことが、できるでしょうか？

「本当の世界は、そちらの世界のように、なんでも姫様の思いどおりにはならないでしょうけれど、変えられることだってあります」

「お母様が生き返ることはないし、焼けてしまったひまわりはもう咲かないわ」

「女王様との思い出は消えません。焼けたひまわり畑は、姫様が作り直したらいいのです」

「そんなこと、できないわよ」

「ちょっとずつ、できることから、やっていきましょう。本当の世界にもどったら、わたしと一緒に、畑にひまわりの種をまきましょう」

（オリビアと一緒にひまわりの種をまいたら、元のようなひまわり畑ができるかしら）

そう思ったとたんに、バイオラ姫は目を覚ましました。

「姫様！　また木の上で寝《ね》ていらしたのですか？　王様がお呼びですよ」

オリビアが、木の下からバイオラ姫に声をかけました。

「ねえ、オリビア、わたしと一緒にひまわり畑を作り直してくれない？」

そう言ったあと、バイオラ姫は、国中のひまわりの種を集めて作ったひまわり畑が焼けてしまったので、ひまわりの種がないことに気がつきました。

「やっぱり、無理ね。種もないのに、ひまわり畑なんかできないわ」

「ひまわりの種は、東の国に行けば、いくらかわけてもらえると思います。毎年少しずつ種を増《ふ》やしていけば、いつかは元どおりのひまわり畑ができるでしょう」

「じゃあ、オリビアとひまわり畑を作り直せるのね」

「王様が、姫様に竜のあつかい方を学ばせようとおっしゃってました。姫様は、南の国に出向いて、竜のあつかい方を学んできてください。その間、わたしは東の国へ行って、ひまわりの種を手に入れてきます。そして、父と一緒に、ひまわり畑を元どおりにします」

オリビアがそう言いました。

「わかったわ。国に帰ってくる時は、竜に乗ってくることにする。そして、空から、一面のひまわり畑を見下ろすわね」

二人は抱《だ》き合《あ》って、お互《たが》いの成功を祈《いの》り、それぞれの旅に出ました。

おわり

ミセス・マケンジーは、読み終わると、わたしとアディソンの顔を見た。

『空想好きのお姫様じゃなくなったのね』

『はい』

『むかえに来るのが、未来の自分じゃなくて、友達になったのは、どうして？』

『うーんと、なんでだっけ？　ただなんとなく？』

アディソンが言った。でも、わたしは、なんとなく変えたわけじゃなかった。

『大人になった自分がむかえに来るよりも、友達がむかえに来たほうがいいと思ったから。自分一人だけじゃなくて、一緒にがんばるだれかがいるほうがいいと思ったから。大人になるまで待たなくても、今のままでも、できることがあると思ったから』

つっかえつっかえだったけど、思ったことをだいたい言えた。

アディソンが、びっくりした顔でわたしを見ている。

ミセス・マケンジーは、うん、うん、とうなずいてから、

『よく書けてると思うわ。あと二人、出してない子がいるんだけど、その子たちが提出したら、まとめて応募《おうぼ》するわね』

と言って、わたしたちの書いた『バイオラ姫とオリビア』を机《つくえ》の引き出しにしまった。

それから、赤いかばんから金色の缶《かん》を取り出した。

『あっ！』

『それ、魔法《まほう》のあめ！』

わたしとアディソンが金色の缶を見て、大きな声を出したから、ミセス・マケンジーは、缶を落としそうになった。

『わたし、最初の日に、このあめをもらってから、ミセス・マケンジーとアディソンの言ってることがわかるようになったんです』

『ミセス・マケンジーって魔女？』

アディソンが、真顔でミセス・マケンジーに聞く。

『ふふっ。残念ながら、魔女じゃないわよ』

『本当に？　じゃあ、どうして、最初の日に、アディソンをわたしに紹介《しょうかい》したんですか？』

『あれは、アオイが不安そうだったからよ』

『でも、どうして、アディソンを選んだんですか？』

『二人とも名前がA《エー》から始まるから』

『それだけ？』

なにか特別なわけがあって、アディソンを選んだと思ってたのに。

『まあ、そんなにがっかりしないでよ。さあ、お一つどうぞ』

ミセス・マケンジーは、缶のふたを開けた。

『ありがとう』

わたしは、緑のあめを選んだ。アディソンは、赤いあめをつまんで口に入れた。

『わたしの、イチゴ味。アオイのは？』

『青リンゴかな』

『今度は、どんな魔法にかかるのかしらね』

ミセス・マケンジーは、あめの缶をかばんにしまうと、わたしの肩《かた》に手をおいて、

『さあ、帰りましょうか』

と言った。

学校からの帰り道、雪がとけかけてべちゃべちゃになっている歩道を、アディソンと一緒に歩いた。

『ねえ、アオイ、さっき言ってたこと、本当？』

『なにが？』

『バイオラ姫の話で、友達がむかえに来るように変えたのは、自分一人だけじゃなくて、一緒にがんばるだれかがいたほうがいいとか、子どもでもできることがあるとか、そういうことを考えながら書いたの？』

『うん、最初はちがったかもしれないけど、書いてるうちにそういう気分になってた』

『わたしが、一人じゃなくて、アオイっていう友達がいるよって思って書いてくれた？』

『え？』

わたしは、アディソンの顔を見た。

アディソンも、一人になっちゃうって、不安だったのかな。

『ううん。あれ、わたしのことだよ。わたしが一人じゃなくて、アディソンがいてくれると思って書いた』

『そうだったの？　じゃあ、大人にならなくてもできることがあるっていうのは？』

『それは、アディソンのことを思って書いた。だって、アディソン、子どもなのに、一人で料理したり、買い物したり、「スゴイ」から』

『「スゴイ」？　ふふっ』

アディソンが、ちょっと照れたような、うれしそうな顔をする。

『でも、わたし、自分のことも考えてたよ。今まで、全部お母さんにやってもらってたけど、お母さんがけがをしてから、ちょっとだけ家のことを手伝うようになったりして、本当にちょっとだけだけど、わたしにもできることがあるなって思ったから』

そう言ったら、アディソンは、わたしの顔をじーっと見て、

『なんかアオイ、自信が出てきたね』

と言った。

『そんなことないよ。わたし、まだ不安でいっぱい。アディソンがいなくなっちゃったら、空想話をする相手も、わたしの英語をわかってくれる人もいなくなっちゃうんだから』

『なに言ってるの？　アオイの英語、すごく上達してるよ。わたし以外のクラスメイトも、アオイの言ってること、だいたい、わかってるよ。カティークなんて、アオイのこと、大好きだから、アオイがなに言ってるのか全部わかってるんじゃない？』

『え？』

びっくりすることをさらっと言ったあと、アディソンは、なんでもなかったみたいに話を続ける。

『空想はさ、みんなでショートストーリーを書いたから、アオイが空見てにやにや笑ってたって、なにか話を思《おも》い浮《う》かべてるんだなって、みんな、わかってくれるよ』

そうかもしれないけど、でも、ちがうんだよ。やっぱりアディソンは、特別なんだよ。こうやって、自分が何語で話してるのかを忘《わす》れちゃうくらい自然に話せるのは、やっぱり、アディソンだけなんだよ。

そう思ったけど、なんか照れくさかったから言わなかった。

『もうすぐマーチ・ブレイクだね』

『うん』

『ノバスコシアには、いつ行くの?』

『再来週《さらいしゅう》の月曜日』

『そうかあ。じゃあ、わたしがフロリダから帰ってきたら、もう、アディソン、いないんだね』

お母さんが歩けるようになったから、マーチ・ブレイクにディズニー・ワールドに行くことになった。学校が終わったあと、すぐに空港に行くから、アディソンと会うのは今週の金曜日が最後になる。

『いいよね、アオイ。わたしもフロリダに行きたいよ。ノバスコシアなんて、雪嵐《ゆきあらし》で停電だってさ』

『そうなの？　大変なところなんだね』

『でも、夏は楽しいんだよ。おじいちゃんがボート持ってるから、ホエール・ウォッチングとか、魚つりとかできるし』

『ホエール・ウォッチング？　行ってみたーい』

『サマー・ホリデーにノバスコシアにおいでよ』

『うん。行く！』

そうは言ったけど、お母さんとお父さん、いいって言うかな。まあ、なんとかなるか。

『ねえ、今日、うちにおいでよ。引っ越すのに、いろいろと物をへらさなくちゃいけないから、服とか、小物とか、ほしいものがあったら、あげるよ』

アディソンの服は、わたしには大きすぎると思うけど。でも、片《かた》づけの手伝いはできるかもしれないから行ってみよう。

ちょうど、タウンハウスの門のところに来た。

『バックパックを家に置いてくるから、待ってて』

その場にアディソンを待たせて、家まで走る。

初めてアディソンがうちに来た時も、こうやって門から家まで走ったんだけど、今はその時と全然ちがう気分。もう、だれに変だと思われたって平気だって思う。だって、これがわたしだもん。

玄関《げんかん》のドアを勢《いきお》いよく開けた。

「おかえり」

リビングから、お母さんの声がする。

「ただいま！　アディソンの家に行ってくる」

お母さんにそれだけ言うと、バックパックを置いて、またすぐに玄関のドアを開けた。

空が青い。風はまだ冷たいけれど、となりの家のリンゴの木の芽が、赤くふくらんでいた。鳥のさえずりが聞こえる。春がそこまで来てる。

『お待たせ』

『じゃあ、行こうか』

わたしは、アディソンとならんで歩き出した。

終わり

テリー・フォックス・ラン、オレンジシャツデー、ピンクシャツデーについては、それぞれの公式ウェブサイトを参照させていただきました。

The Terry Fox Foundation　http://terryfox.org/
Orange Shirt Day　http://www.orangeshirtday.org/
Pink Shirt Day　http://www.pinkshirtday.ca/
日本ピンクシャツデー公式サイト　http://pink-shirt-day.com/

作中、アディソンがラジオで聞いた話は、Stuart McLean がホストを務めた「The Vinyl Cafe」（CBC Radio で一九九四年から二〇一五年まで放送）を参考にさせていただきました。

この物語の執筆にあたり、快くお話を聞かせてくださいました駐在員の方々、奥様方、お子様方に、心よりお礼を申し上げます。

花里真希（はなざとまき）

1974年、愛知県生まれ。カナダ在住。東海女子短期大学卒業。
2015年『しりたがりのおつきさま』で第七回日本新薬こども文学賞最優秀賞受賞。
2019年、本作で第60回講談社児童文学新人賞佳作に入選。

あおいの世界《せかい》

2020年7月14日　第1刷発行

著者——————花里《はなざと》真希《まき》
装画——————中島梨絵
装丁——————大岡喜直 (next door design)
発行者—————渡瀬昌彦
発行所—————株式会社講談社
〒112-8001
東京都文京区音羽2-12-21
電話　編集　03-5395-3535
販売　03-5395-3625
業務　03-5395-3615
印刷所—————共同印刷株式会社
製本所—————株式会社若林製本工場
本文データ制作——講談社デジタル製作

N.D.C. 913　222p　20cm　ISBN978-4-06-519504-8